KB075294

신조선전기 2권

초판1쇄 펴냄 | 2018년 10월 31일

지은이 | 다물
발행인 | 성열관

펴낸곳 | 어울림 출판사
출판등록 / 2009년 1월 23일 제313-2009-12호
주소 / 경기도 고양시 일산동구 장항동 731 동하넥서스빌딩 307호
TEL / 031-919-0122
FAX / 031-919-0127
E-mail / 5ullim@hanmail.net


값 8,000원

ISBN 978-89-992-4796-5 (04810)
ISBN 978-89-992-4794-1 (SET)

OULIM FANTASY BOOK

2

다물 역사판타지 장편소설

# 신조선 전기

新

어울림

# 신조선전기 新

# 목차

본 소설은 허구입니다. 실제적 역사나 사실과 다를 수 있습니다.

# 신조선전기

필립 제이슨을 만나다

“이쪽이오. 거실이 넓고, 저쪽으로 가면 부엌이오. 그리고 저쪽으로 가면 1층 침실이오. 계단을 따라 올라가면 3개의 방이 있는데 모쪼록 잘 쓰면 되겠소. 지하실도 있고, 무엇보다 정원이 넓어서 아침에 풍경이 정말 아름답소. 어떻소?”

“조금 더 살피고 말씀드릴게요.”

“그렇게 하시오.”

집을 파는 주인이 거실에서 기다렸다. 밀짚모자를 쓰고 허름한 옷을 입은 백인 농부는 집을 알아보기 위해서 찾아온 두 남녀를 웃는 얼굴로 지켜봤다. 겉으로는 웃고 있었지만 속으로는 깔보고 있었다.

'동양 원숭이 놈들이 좋은 옷을 입었군. 대체 뭐하는 놈들이지? 뭐, 무슨 일을 하든 상관은 없지. 내 집을 사기만 하면 되니까. 물정을 모를 테니 2배 가격으로 팔아야겠어.'

영어를 유창하게 구사하는 동양인 남성과 여성이었다. 그리고 어지간한 백인 남성과 여성보다 키가 컸다. 집 안을 살피던 남자가 백인 남자에게 와서 물었다.

"이 집을 500달러에 판다고 하셨죠?"

"아니오. 1000달러요."

"음? 제가 분명히 500달러에 판다고 전단지를 보고 왔는데요?"

"그 전단지, 어제 것 아니오?"

"예?"

"오늘부터 1000달러에 팔기로 했소."

"오늘부터요? 뭐 이런……!"

남자는 영어를 잠시 거두고 조선말로 욕을 하며 기막힌 표정을 지었다. 곁에 있던 동양 여성이 남자에게 말했다.

"무슨 이야기야, 그게? 이 집만 집인 것도 아닌데. 우릴 상대로 사기치고 있어, 저놈."

지연은 집주인이 알아듣지 못하도록 한국말로 다른 집을 알아보자고 했다. 그 말을 듣고 성한이 집주인에게 말했

다.

"다른 집을 보도록 하죠."

집주인이 헛웃음지었다 얼굴을 굳히며 성한에게 말했다.

"다른 곳을 봐도 소용없을 텐데? 이만한 집이 또 있겠어? 멍청한 동양 원숭이 놈."

"……."

도발이었다.

백인 농부의 도발에 돌아선 성한이 입꼬리를 끌어당겼다. 그리고 품 안에 있던 금괴를 꺼내서 보여줬다.

금괴에 새겨진 미국 정부의 인증 문양을 보고 농부가 물었다.

"뭐… 뭐야. 이건……?"

성한이 비웃는 말투로 농부에게 말했다.

"지나는 길에 이 집이 괜찮게 보여서 사려 했는데 비싸서 영 안 되겠네. 뭐, 굳이 안사도 됩니다. 빌딩을 사버리면 그만이니까. 그리고 듣자 하니 도박으로 빚을 져서 급하게 돈이 필요하다던데……."

"……."

"농지는 이미 다른 사람에게 팔았다면서요? 그러면 급한게 과연 누굴까요? 욕심 부리다가 얻을 것도 못 얻는 상황이 되면, 결국 힘든 쪽은 그쪽일까요? 이쪽일까요? 현명하게 잘 생각해보시길 바랍니다."

"……."

성한의 이야기를 듣고 농부가 얼굴을 찌푸렸다. 한참을 서 있다가 힘들게 집값을 내렸다.

"750달러……."

"500."

"650……."

"500. 원칙대로 합시다. 그래도 세계에서 제일 멋진 나라의 국민인데, 한입으로 계속 두말을 합니까? 안 그렇습니까?"

"……."

"다른 곳을 알아봐야겠네……."

"알겠소, 알겠소! 500에 팔겠소……!"

"매매 계약서를 주십시오."

"여기 있소……."

농부가 집을 넘겨주는 계약서를 가지고 왔다. 성한이 영어로만 쓰여 있는 계약서를 꼼꼼히 확인하고 서명을 넣었다. 그리고 즉석에서 520달러를 넘겨줬다.

"바로 집을 비워주시기 바랍니다. 집에 남아 있는 가구나 물건들 값을 쳐서 20달러를 더 얹었습니다. 그리고 앞으로 도박하지 마세요. 지금은 팔 집이라도 있지, 아무것도 없을 땐 진짜 장기 팔아야 돼요. 뭐, 여긴 미국이니까 그럴 일도 없겠지만. 어쨌든 앞으로 열심히 잘 지내시기 바랍니다. 은총이 함께 있길 빌겠습니다."

도발했던 백인 남자를 상대로 성한이 마지막까지 속을 뒤집어놓았다. 남자는 화가 머리끝까지 올랐지만 어쩔 수 없었다. 이를 갈며 돈을 가지고 집에서 나왔다. 그런 남자의 뒷모습을 보면서 성한이 한숨을 쉬었다.

미국에서 사업을 벌일 때 앞으로 계속 차별과 편견에 맞서 싸워야 한다고 생각했다. 그리고 기회가 되면 사기를 치려는 자들에게 절대 속지 않아야 된다는 생각도 했다.

집을 사기 전부터 집 주위 정원과 숲에서 해병대 대원들이 매복했다. 스텔스 망토로 근접해서 호위했고 집주인이었던 농부가 모르도록 총을 조준했다. 행여 그가 성한과 지연을 상대로 해코지하려 했다면 졸지에 머리 없는 귀신이 되어 행방불명이 될 수도 있었다. 그러나 그런 불상사는 벌어지지 않았다.

성한을 호위하는 대원들이 집에 들어왔다. 성혁을 따르는 3분대장이 소음기가 장착된 권총을 내리고 헬멧 무전기를 켰다. 그는 을미사변 당시에 일본 공사관을 기습했던 분대장이었다.

명찰에 '박석천'이라는 이름이 새겨져 있었다.

"집을 샀으니까 오면 돼."

—알겠습니다. 분대장님.

부분대장에게 연락해 읍내에 있던 사람들과 대원들을 불러들였다. 그리고 약 30분이 지나서 양복을 입은 부분대장과 대원들이 집으로 들어왔다.

박은성을 따르는 팀장들과 팀원들은 대원들의 호위를 받으면서 집에 들어왔다. 팀장들의 이름은 각각 정우철, 이성철, 김세연, 김종민이었다. 그리고 각각 전기, 기계공학, 화학, 채굴팀의 팀장이었다. 그중 김세연은 단발머리를 한 여성이었고, 모두가 30살 안팎의 젊은 천재들이었다.

연구팀 팀원 중 절반이 미국으로 건너와서 성한을 지원하려고 했다. 그리고 박은성을 비롯한 나머지 팀원들은 조선에 남았다.

정욱이 성한을 따라 미국에 왔다.

총 31명이 아메리카 대륙에서 역사를 만들려고 했다. 성한이 개척자들을 이끌고 있었다.

"일단 방 잡고 짐을 풉시다. 남자는 남자들끼리, 여자는 여자들끼리. 방이 5개니까 6명에서 7명씩 잡고 짐을 풀면 되겠군요. 잘 때는 4명씩 보초를 서면 되고요. 짐을 풀고 거실에서 모일게요."

"알겠습니다."

두달이 넘는 긴 항해였다. 그리고 기차와 마차를 타고 미국 동부 교외로 와서 자리를 잡았다.

각자의 방을 정하고 짐을 풀기 시작했다. 지연은 김세연과 3분대에 속한 두명의 대원, 3명의 여자 기술 팀원과 한 방을 썼다. 모두가 바닥에 누워서 잠을 자야 자리를 만들 수 있었다. 짐을 한쪽에 몰아놓고 1층 거실로 내려와서 모였다.

그들은 난로에 불을 붙여서 몸을 녹였다. 천장에 전구가 설치되어 있었다. 3분대장이 전구를 보고 성한에게 물었다.

"혹시, 전기가 들어오는 집이라서 이 집을 택하신 겁니까?"

"그렇죠. 스마트북을 충전할 수 있어야 하니까요. 더해서 대원분들이 쓰는 전자 장비도 충전할 수 있어야 하지 않겠습니까? 전기선이 들어오는 것을 보고 이 집을 택했습니다."

"잘 택하셨습니다."

박석천이 집을 잘 골랐다고 성한을 칭찬했다. 직후 지연이 성한에게 물었다.

"바로 회의를 시작할 거야?"

"회의까진 아니고, 환웅함에서 세운 계획을 한 번 더 알려드릴 거야."

성한이 사람들에게 말했다.

"아시다시피 여기서 사업을 벌일 겁니다. 그렇게 해서

대박을 친 후에 억만금을 모아서 조선을 지원할 거구요. 어떤 사업을 벌일까 고민한 끝에 제약회사를 세워서 시작하기로 결정했습니다. 화학팀장님은 어떤 약인지 아시죠?"

"페니실린이라고 들었습니다."

"페니실린이라면 정말 획기적인 상품이 될 겁니다. 이 시대에 없는 항생제이니 말입니다. 돈도 벌고 사람도 살릴 겁니다."

성한이 미국에서 시작할 사업의 방향을 알렸다. 지연이 듣다가 조금 걱정스런 말투로 곁에 있던 성한에게 물었다.

"페니실린이 과연 잘 팔릴까? 집주인이었던 그 남자를 생각하면 동양인에 대한 백인들의 차별이 만만치 않을 것 같아. 효능이 뛰어난 약이더라도 과연 사주겠어?"

지연의 질문에 성한이 대답했다.

"처음에는 그럴지 몰라. 하지만 효능이 입증되고 입소문 타게 되면 우리가 상상할 수 없을 정도로 팔릴 수 있어. 그리고 다른 걸로 승부를 보려고 해도 똑같은 편견과 차별에 맞서 싸워야 돼. 다른 생각하지 말고 정면 돌파해야 돼. 선택의 여지가 없을 때는 대차게 밀고 나가는 거야."

대답을 듣고 지연이 한참을 가만히 있다가 고개를 끄덕였다. 그리고 시선을 돌렸다가 슬쩍 성한을 쳐다봤다.

'괜히 믿음직스럽네…….'

잊고 있었던 성한에 대한 좋은 기억과 느낌이 일어났다. 지연의 시선을 뒤로하고 성한은 그녀가 지적한 문제를 곱씹었다. 그리고 더 좋은 방법이 있을 거라고 생각했다.

'스마트북이 오면 살펴봐야겠어. 분명히 우릴 도와줄 수 있는 사람이 있을 거야.'

깡으로 나설 수도 있지만 더 좋은 방법이 있다면 그것을 택하는 것이 지혜로운 일이었다. 페니실린을 만들었을 때 편견 없이 받아줄 수 있는 사람을 찾아야겠다고 생각했다.

그리고 의기 넘치는 말투로 사람들에게 말했다.

"가장 획기적이고 아무것도 없는 상태에서 쉽게 만들 수 있는 신약입니다. 밤에 올 스마트북에 페니실린을 만드는 방법이 적혀 있으니까, 그대로 만든 뒤 효능을 확인해봅시다. 제대로 만들어지면 제조 매뉴얼을 만들고 의사들이 지천에 깔린 동부지역에서 판매할 겁니다. 일단, 여기까지 해봅시다."

"예. 과장님."

"지하부터 정리합시다. 지하에서 페니실린을 만들 겁니다."

"예!"

지시하는 자가 기운찬 모습을 보이자 그를 따르는 사람들도 힘이 솟을 수밖에 없었다. 하나같이 열의에 찬 모습을 하고 지하실로 내려갔다. 그리고 상자를 치우고 선반을 정리하기 시작했다. 지연도 직접 물건을 옮기면서 지하실을 정리하는 데에 힘을 보탰다.

우물에서 물을 떠서 지하실 바닥에 물을 뿌렸고 솔과 물걸레로 물 묻은 먼지들을 배수구로 밀었다.

밤이 되었을 때 3분대장이 셔틀선과 교신했다. 집이 위치한 위경도와 좌표를 알려주고, 자정이 넘어서 도착할 셔틀선을 기다렸다. 그리고 셔틀선이 성한이 구입한 집 앞에 착륙했다. 스텔스 모드를 풀고 어둠 속에서 시대에 맞지 않는 모습을 드러냈다.

내려진 현문 다리로 승조원들이 내렸다.

"조심히 내려. 중요한 물건들이니까."

"예. 부장님."

장성호가 셔틀선에서 내려 화물 하역을 지시했다. 그 모습을 보고 성한이 매우 반가워했다.

"직접 오셨습니까?"

"예. 확인차 함께 왔습니다. 그런데 항해하는 동안 힘들지 않았습니까?"

"어휴. 말을 마세요. 도중에 풍랑을 만나서 죽는 줄 알았습니다. 정말 부장님처럼 셔틀선을 타고 하루 만에 오갈 수 있으면 좋겠네요."

"그렇게 하면 밀입국이죠. 전하의 신원보증이 전혀 안 되는데 말입니다. 힘든 여정을 지난 만큼 꼭 성과가 있으

시길 빌겠습니다."

"부장님도요. 함장님과 조선을 잘 이끌어주십시오."

"예."

"함께 최선을 다해봅시다."

"예! 건투를 빌겠습니다!"

둘은 안부를 묻고 악수하면서 인사했다.

그사이 셔틀선에 실렸던 화물이 모두 내려지고, 장성호는 셔틀선을 타고 다시 조선으로 돌아갔다. 하역된 화물에 이희의 내탕금이 실린 함이 있었고, 대원들의 무기와 탄약 상자들이 함께 있었다. 그리고 기술부에서 쓰이는 각종 기구들과 기계장치도 있었다. 또한 사람들을 먹여 살릴 양식이 있었다. 쌀 여러 말과 채소와 고기 등이 하역됐다. 여러 대의 스마트북과 지연을 위한 의료 기구와 약품도 함께 있었다.

태평양을 건너는 동안 지연은 최소한의 의료기구와 약만 가지고 왔다. 그사이 긴급한 환자가 생기지 않은 것이 다행이었다. 사람들이 고통을 호소해봐야 뱃멀미와 마차멀미밖에 없었다.

성한이 사람들에게 지시하면서 직접 쌀 한말을 들었다.

"지하실로 옮깁시다. 마지막이에요."

"예! 과장님!"

마지막 노동을 하고 간단하게 씻은 뒤 늦은 아침까지 잠을 잤다. 그리고 정리된 지하실에서 페니실린을 만들 준비를 했다.

선반 위로 기구들을 배치하고 집으로 들어오는 전선에서 전기선을 땄다. 변압기로 전압을 설정한 뒤 거기에 스마트북의 전원을 꽂았다. 푸른곰팡이가 핀 감자를 준비하고 페트리 접시에 배양지를 깐 뒤 채취한 푸른곰팡이를 뿌렸다. 그리고 며칠이 지나 배양이 이뤄졌다.

본격적으로 페니실린 제조하기 시작했다.

"스마트북으로 페니실린을 어떻게 만드는지 보셨을 겁니다."

성한의 말을 들은 사람들이 고개를 끄덕였다.

성한이 주변을 둘러보며 말을 이었다.

"곰팡이를 녹인 물에 숯으로 독을 빼고, 식초를 섞은 증류수로 약재 성분을 녹인 뒤, 석회수로 중성화 작업을 거쳐 최종 약물을 거름종이로 정제하는 과정들을 말입니다. 빈틈없이 거쳐 페니실린을 만들어봅시다."

"예! 과장님!"

"온도가 중요하니 화학팀장께서는 수시로 온도를 확인해주세요."

"예. 알겠습니다."

"그럼 어디 만들어봅시다. 박수 한번 치고 시작합시다."

"예!"

지하실이라서 사람들의 소리가 함성처럼 들렸다. 그들은 사기충천한 모습으로 페니실린 제조에 나섰다. 스마트북에서 확인한 제조법대로 20세기를 주름잡았던 항생제를 만들기 시작했다.

솥에 물을 부어서 미지근하게 끓이고 거기에 푸른곰팡이를 놓고 차갑게 식혔다. 그리고 숯으로 물 반죽을 한 뒤, 곰팡이의 독을 제거한 상태에서 식초를 탄 증류수로 약 성분이 빠져 나오게 했다. 이후, 숙지한 방법대로 페니실린을 제조했다.

정제된 페니실린이 멸균된 유리병 몇 병에 담겨서 밀봉됐다.

페니실린 제조의 마지막 과정이 남아 있었다.

"그래서 효능을 어떻게 입증할 거야?"

지연이 성한에게 물었다. 페니실린 제조에 참여한 화학팀장과 팀원들이 주목하는 가운데 성한이 의미심장하게 미소지었다. 며칠 전에 그녀가 제기했던 문제를 해결했다.

"알아봤는데 마침 우리를 도와줄 수 있는 사람이 워싱턴 D.C에 있더라고요."

"예? 그 사람이 누굽니까?"

김세연이 물었고 성한이 조금 뜸을 들이면서 대답했다.

"필립 제이슨입니다. 효능을 확인할 수 있는 의사고요.

우리를 도와줄 겁니다."

성한이 말한 사람이 누군지 몰라 사람들이 술렁였다. 지연이 곰곰이 생각하다가 어디서 많이 들었었다는 생각에 고개를 갸웃거렸다. 그때 페니실린 제조를 보조하던 정욱이 입을 크게 벌렸다.

"아?!"

정욱이 사람들의 관심을 모으면서 성한에게 물었다.

"설마, 그 사람입니까?"

"그래. 그 사람이야."

"원래 의사였습니까? 제가 알기로는 아닌데……?"

"의사가 아니었지만 의사가 됐지. 어쨌든 그분께 가서 효능을 확인해달라고 말할 거야."

정욱은 필립 제이슨이 누군지 알고 있었다. 그와 성한이 대화를 이루는 동안 사람들은 누군지 몰라서 아우성을 쳤다. 궁금해하는 사람들의 반응을 즐기면서 성한이 미소를 지었다. 그리고 지연에게 큰마음을 먹고 말했다.

"나랑 같이 워싱턴에 좀 가줘."

"어…? 어째서?"

지연이 움찔했다. 그녀가 묻자 성한이 차분한 말투로 설명했다.

"그야 나 혼자서 가면 그분이 정말 불안해하실 수도 있거든. 문전박대를 당할 수도 있어."

"수작 부리는 거 아냐?"

"수작은 무슨. 그냥 같이 가줘. 네가 안 가면 화학팀장하고 같이 갈 수도 있어. 혼자 가면 자객으로 의심 받을 수도 있단 말이야."

"……."

"갈거야, 말거야?"

성한이 짜증을 내면서 언성을 높이자 지연이 움츠러들면서 주위를 돌아봤다. 성한의 이야기를 듣고 설렌 듯한 김세연이 있었다. 그녀를 보면서 지연의 인상이 굳어졌다.

'걘 또 왜 저래? 설마……?'

누가 봐도 성한은 잘생긴 남자였다. 그것은 성한과 헤어진 지연이라 하더라도 결코 부정할 수 없는 사실이었다.

신경질이 난 그녀 또한 짜증을 내면서 성한에게 말했다.

"가줄게. 대신, 투숙하면 반드시 방 2개야. 알았지?"

"알겠어, 알겠어."

지연의 말에 성한이 건성으로 대답하면서 고개를 끄덕였다. 그녀가 인상을 쓰며 앞으로 일어날 일들을 상상하는 가운데, 성한은 기계공학팀을 책임지고 있는 이성철에게 집을 부탁하면서 유리병을 집었다.

성철이 33살로 나이가 가장 많았다.

"워싱턴에 다녀오는 동안 집 좀 부탁할게요."

"예. 믿고 다녀오십시오."

박석천에게는 호위로 두명의 대원을 쓰겠다고 말했다. 그리고 지연을 위해 배려 아닌 배려로 남녀 대원을 한명씩 차출해 워싱턴 D.C.로 향했다.

그곳에서 세상의 증오를 피해서 개척가가 된 사람을 만났다.

* * *

허름한 괘종시계가 댕댕 소리를 내면서 울었다. 시계의 종소리가 울려퍼지고 난 후에는 좌우로 움직이는 시계추 소리만이 로비를 가득 메웠다.

그만큼 인적 하나 없는 병원이었다.

수납을 지키는 여인이 차분히 앉아 환자가 오기를 기다렸다. 그러나 닫혀 있는 문은 열리지 않았다.

여인의 어깨가 아래로 처졌다. 그때 뒤에서 따스한 손길이 일어났다.

"부인."

"필립……."

"미안하오. 괜히 나 때문에 부인이 고생하는구려."

"아니에요, 필립. 이미 이런 고생도 함께 나누기로 다짐했는걸요. 저는 필립을 사랑한 순간부터 모든 것을 함께하기로 했어요. 그러니까 그런 말 말아요."

"부인……."

"개원한지 얼마 되지 않아서일 거예요. 절대 필립이 싫어서 이 병원을 찾지 않는게 아닐 거예요. 조금만 기다려보세요."

"알겠소. 부인……."

언제나 실패를 맛본 필립에게 부인은 유일한 성공이었다. 고생하는 와중에도 용기를 주는 부인만이 가난한 의사에게 있어서 최고의 성공이었다. 그녀의 손을 잡고 의사가 눈물을 글썽였다.

"고맙소. 정말 고맙소. 언젠가 꼭 부인을 호강시켜주겠소."

"또 그런 말을… 가난해도 행복하게 살면 되는 거예요. 필립."

"참으로 고맙소, 부인……."

위로와 격려를 받고 격해진 감정을 진정시켰다. 그리고 진료실로 들어가서 환자가 오기를 기다렸다.

시간이 하염없이 흘렀다.

병원 앞에 4명의 남녀가 서서 병원 건물을 봤다.

가장 앞에 선 여자가 옆에 있는 남자에게 말했다.

"여기가 네가 말한 도와줄 사람이 있는 곳이야?"

"그래."

"필립 제이슨이라… 설마 그분이 의사일 줄은 전혀 몰랐어. 그런데 페니실린의 효능을 말해도 바로 믿을까?"

"그야 모르지. 그래도 일단 부딪혀보려고 해. 안 부딪히고 설득을 논할 수 없어."

"들어갈 거야?"

"들어가야지. 두분은 밖에서 기다려주십시오."

남자가 여자와 함께 병원으로 들어갔다. 두사람을 호위하는 다른 남녀는 병원 밖에서 경계하며 두사람의 용무가 끝나기를 기다렸다.

열릴 줄 모르던 문이 열렸다.

로비에서 문이 열리는 소리가 나자 간호와 수납을 동시에 보는 부인이 달려와서 응대했다.

"어디가 아프신가요? 수납은 이쪽이에요."

본래 아픈 사람을 보면 안쓰러운 표정을 짓고 안타까워해야 하는 것이 인지상정이었다. 그러나 환자의 진료비는 의사와 그의 아내에게 곧 양식이었다. 한끼를 해결할 수 있는 돈을 번다는 생각이 들자 입가에 걸린 미소가 지워지지 않았다.

의사의 부인 앞으로 중절모를 쓴 남자가 다가왔다. 그의 곁에 아내 혹은 애인으로 보이는 여인이 있었다.

두사람은 부인의 남편과 똑같은 피부색과 눈색을 가지고 있었다.

의사의 부인이 놀란 가운데, 중절모를 벗은 남자가 앞으

로 다가와서 물었다.

"여기가 닥터 제이슨의 병원입니까?"

"네… 그, 그런데요?"

"안녕하십니까. 조선에서 온 성한유, 유성한입니다. 이 사람은 저의 연인인……."

"……."

"지연안, 안지연이라고 합니다. 아파서 온것은 아니고 닥터 제이슨을 뵙기 위해서 멀리서 찾아왔습니다. 혹, 뵐 수 있는지요?"

병원으로 들어온 남자는 성한이었다. 그리고 그와 함께 하고 있는 아름다운 여성은 지연이었다. 두사람 모두 상류층이라 말할 수 있는 고급 양복을 입고 있었고, 그들이 제이슨을 찾고 있다는 말에 부인은 당황하면서 어안이 벙벙해졌다.

연인이라는 말이 나왔을 때 지연이 움찔하면서 성한을 한번 쳐다봤다.

진료실에서 나온 제이슨이 험악한 표정으로 두사람을 노려보고 있었다.

"날 죽이려고 온 것 같지는 않고, 조선인이 대체 무슨 볼 일이지?"

영어가 아닌 조선말이었다.

그는 언제나 암살당할 수 있다는 생각을 품고 사는 자였다.

지연이 있었기에 성한을 암살자라 여기지 않았다. 그러나 경계를 늦추지 않았다. 오히려 분노를 표출하면서 증오감이 잔뜩 서린 눈빛을 보였다.

두 해 전에 조선에서 있었던 비극을 기억했다.

'나라와 백성들을 위한 일이었는데 어떻게! 어떻게 이런 만행을 저지를 수 있단 말인가! 조정은 그렇다 치더라도 어떻게 백성들이…! 백성들을 위해서 멍에를 뒤집어썼는데 어떻게……!'

10여 년 전에 갑신년(甲申年) 반란이라 불리는 정변이 일어났다. 조선을 떡 주무르듯이 주무르는 민씨 가문을 몰아내고 조선을 일본과 같은 개화 국가로 탈바꿈시키려고 했다가 지지 세력이 무너지고 혁명은 3일 천하로 끝을 맺었다. 그때 정변을 주도했던 김옥균이 두 해 전에 청나라에서 암살당하고 시신이 조선으로 보내져서 부관참시를 당했다. 장대에 걸린 그의 머리에 돌을 던진 사람은 다름 아닌 김옥균이 위하려 했던 백성들이었다.

제이슨은 김옥균의 친우이자 동료였고 함께 정변을 일으키면서 조선인들을 위하려고 했다. 그리고 미국에서 그의 죽음을 신문으로 확인하고 크게 분노했다.

그 뒤로 '조선'이라는 단어에 짙은 혐오감이 덮였다.

정변 후에 조선을 탈출한 뒤로 한번도 조국으로 돌아가

지 않았다. 그대로 망명길에 올랐고 미국 의과대학교에 입학해 미국 시민권을 따낸 미국인이 됐다.

그런 제이슨의 옛 이름을 성한이 알고 있었다.

"저도 서재필 선생님과 마찬가지입니다. 비록 미국 시민권을 얻지는 못했지만 미국에서 자리 잡아 사업을 벌이려고 합니다. 새로 신약을 개발해서 선생님을 통해 장사를 시작해볼까 합니다."

"신약이라고……?"

"페니실린이라 불리는 항생제입니다. 몸에 침투하는 세균을 터트려서 죽이는 항생제입니다."

성한이 품 안에서 유리병을 꺼내 제이슨이라 불리는 '서재필'에게 보여줬다.

유리병 안에 담긴 맑은 액체로 서재필의 시선이 향했다. 그랬다가 다시 성한에게로 향했다. 갑자기 찾아와서 신약을 개발했으며 자신을 통해 장사하겠다고 말하는 성한을 신뢰할 수 없었다.

경계를 늦추지 않고 직설적으로 물었다.

"네놈은 누구냐? 누구이기에 내게 그런 말을 하는 거지? 내게 그 말을 믿으란 말인가?"

성한이 대답했다.

"누구인지는 알려드렸습니다. 조선에서 왔다는 것도 솔직히 말씀드렸고요. 제가 선생님을 통해서 장사를 하겠다는 말에 대한 믿음은 이 약에 대한 효능을 경험하시고 나면 생기게 되실 겁니다. 한번 써보십시오."

"그걸 어떻게 믿고……."

"괜찮습니다. 절대 위험한 물건이 아닙니다. 만약 선생님을 해할 생각이었다면 이 자리에서 벌써 권총을 들고 쐈을 겁니다. 그러나 그렇게 하지 않은 것이 제가 선생님의 적이 아니라는 증명입니다. 한번 믿어주십시오."

"……."

자신의 모든 것을 알고 있었다. 그래서 오히려 더욱 위험해보였다.

잔뜩 긴장한 상태로 성한과 지연을 계속 노려봤다. 그리고 그의 부인인 '뮤리엘 제이슨'은 여태 경험한 적 없는 긴장 사이에서 어쩔 줄을 몰랐다.

'쿵!'하는 소리가 병원 밖에서 크게 울려퍼졌다. 성한과 서재필이 움찔한 가운데, 다시 서로를 보면서 같은 생각을 했다.

잠시 후 병원 문이 열리면서 들것을 든 사람들이 급히 들어왔다.

"의사 선생님! 의사 선생님! 계십니까?!"

작업복을 입은 남자가 로비에서 서재필을 찾았다. 그와 동료들이 든 들것에는 피투성이가 된 인부가 있었다. 서재필은 사람을 살려야겠다는 생각으로 성한을 경계하는 것

을 그만뒀다. 그리고 급히 진료실에서 나와 로비로 향했다.

정한과 지연도 서재필의 뒤를 따라 로비로 향했다. 로비로 들어온 인부들과 들것에 실린 부상자를 봤고 문 입구에서 막을 수 없었다고 눈짓을 주는 대원들을 봤다.

서재필이 병원에 온 인부들에게 자신이 의사임을 알렸다.

"제가 의사입니다. 닥터 제이슨입니다."

서재필을 보고 다른 인부가 인상을 찌푸렸다.

"뭐야, 동양 원숭이 놈이잖아…! 원숭이 놈이 어떻게 의사를……!"

"다른 데로 옮겨!"

서재필은 마음이 상했다. 하지만 10년 가까이 겪어오던 일에 이골이 나 있었다.

동료 인부들의 아우성에 서재필을 찾았던 인부가 목소리를 높였다.

"여기가 마지막이야! 이미 다른 병원에서 살릴 수 없다고 했잖아! 여기에서 짐을 살려야 돼!"

"빌어먹을!"

"의사 선생님! 짐을 살려주십시오! 공사장에서 추락한 화물에 깔렸습니다! 제발 살려주십시오!"

애원하는 인부에게 서재필이 말했다.

"아… 알겠습니다. 우선 여기에 들것을 내려주십시오. 환자의 상태부터 살피겠습니다."

"예!"

"……."

"뭐해?! 어서 내려!"

불신의 눈빛이 계속해서 서재필에게 꽂혔다. 인부들이 병원 로비에 들것을 내렸고, 서재필은 두근거리는 가슴을 진정시키고 환자의 상태를 살피기 시작했다.

왼쪽 허벅지가 넝마가 되어 있었고 복부엔 철근이 꽂혀 치명상을 입은 상태였다. 환자의 눈동자는 이미 초점을 잃어 의식이 없었다.

서재필은 환자를 보면서 고민을 하다가 힘들게 자신을 부르짖던 인부에게 말했다.

"살릴 수 없을 것 같습니다……."

"예……?"

"부상이 너무 심해서 수술이 끝나도 세균 감염이 일어날 수밖에 없습니다. 패혈증이 일어나 끝내 목숨을 잃을 겁니다. 다른 병원에서 살릴 수 없다 말한 것은 이 때문입니다. 죄송합니다……."

"그런……!"

서재필의 이야기를 듣고 인부들이 허탈한 표정을 지었다. 그리고 다시 그를 비하하기 시작했다. 서재필에게 존

대했던 인부 외에 나머지 사람들이 다시 동양 원숭이라는 말을 입에 담았다. 그때 성한이 서재필에게 말했다.

"이 약이 세균 감염을 막을 겁니다."

다시 성한이 신약을 보여주면서 말했다. 서재필이 그것을 두고 가만히 지켜보다가 다시 성한에게 수술을 할 수 없다고 말했다.

"그 약이 제대로 효능을 발휘해도 이 사람을 살릴 수 없소. 최소한 두명이 수술을 해야 되는데 나 혼자라서 할 수가 없소."

경영난으로 부인과 둘이서 병원을 운영하고 있었다. 그때 성한이 지연에게 눈짓을 줬다. 그의 눈치를 알아차린 지연이 외투를 벗으면서 서재필에게 말했다.

"저도 의사입니다. 선생님."

"뭐……?"

"제가 선생님을 돕겠습니다."

놀란 서재필이 믿을 수 없다는 시선으로 지연을 쳐다봤다.

"의사라고…? 조선에서 왔는데 여자가 어떻게 의사가 돼……?"

"알려드리기 복잡합니다. 하지만 의사입니다."

"그것을 나보고 믿으란 말인가?!"

"다리 쪽은 많이 상해서 절단을 피하기 힘들 겁니다. 출혈량을 봤을 때 허벅지의 동맥이 상했는지 확인해야 하고 상했다면 반드시 봉합해야 됩니다. 복부는 간이 뚫렸는지 확인해야 합니다. 철근이 뚫은 자리가 간이 있는 곳입니다. 지금 바로 수술해야 됩니다. 선생님."

"……."

"어서요!"

자신이 생각하는 수술 과정과 치료법을 지연이 읊었다. 그녀의 수술 계획을 들은 서재필은 그녀가 진정으로 의사일 수 있다는 생각이 들었다.

성한이 다시 서재필에게 말했다.

"죽일 이유는 없고 살릴 수 있는 이유만 있습니다. 사람을 살려야 하는 것이 의사의 본분인데 어째서 피하려 하십니까?"

쓴소리를 듣고 마음이 움직였다. 짧은 고민 끝에 서재필이 인부들에게 말했다.

"여기서 수술하면 생사를 장담할 수 없습니다! 그래도 수술해도 되겠습니까?"

보호자들의 동의가 필요했다.

선택의 여지가 없었기에 인부들도 서재필을 믿을 수밖에 없었다.

그를 의사로 대접하던 유일한 인부가 대표로 대답했다.

"다른 병원으로 옮기다간 짐이 죽을 겁니다! 여기서 수

술해주십시오!"

서재필이 말했다.

"수술하겠습니다! 환자를 수술실로 옮겨주십시오!"

"알겠습니다!"

인부들이 동료를 살리려고 들것을 들었다. 그리고 성한과 서재필이 짐을 수술대 위로 옮겼다.

서재필은 지연과 함께 수술복으로 갈아입고 손을 깨끗하게 씻었다.

성한의 셔츠가 환자의 피로 물들었다. 개의치 않고 지연에게 가서 조심스럽게 물었다.

"잘될 것 같아?"

지연이 인상을 쓰면서 성한에게 말했다.

"몰라. 열어봐야 알아. 엑스레이라도 찍을 수 있으면 다행이겠지만 지금은 그것도 없으니 열어보고 즉각 대응해야 돼. 방해되니까 밖으로 나가 있어. 그리고 기도나 해."

"알았어."

두사람의 대화를 서재필이 곁에서 들었다. 그리고 지연이 엑스레이를 알고 있다는 사실에 놀라워했다. 두달 전에 사람의 신체를 투시할 수 있는 엑스레이를 뢴트겐이라는 사람이 발견해 논문을 발표했다. 덕분에 의학계에서 많은 기대를 걸고 있었다. 그리고 그것은 의사들과 물리학자들만 알고 있는 사실이었다.

성한이 인부들과 함께 수술실에서 나가자 본격적으로 수술이 시작되었다.

서재필이 자신보다 어려보이는 지연에게 경력을 물었다.

"의사 경력이 얼마나 되오?"

"인턴까지 포함해서 4년입니다."

"4년? 어디에서 그렇게 근무했소?"

"알려드릴 수 없습니다. 하지만 경력은 사실입니다. 사고가 많은 곳에서 근무해서 현장경험도 많고요. 환자가 의식이 없으니 마취는 생략하겠습니다. 선생님께서 집도해 주십시오."

"알겠소. 일단 다리 쪽부터 수술하겠소."

"예. 선생님."

"메스."

"여기 있습니다."

수술이 시작되었다. 서재필이 으스러진 다리의 허벅지를 작은 칼로 갈라냈다. 그러자 근육 사이에 피가 잔뜩 고여 있는 것이 보였다. 즉시 깨끗한 수건으로 피를 닦아내고 출혈이 일어나는 곳을 확인했다.

허벅지 근육 깊은 곳에 찢어진 동맥이 있었고, 걱정은 곧 현실이 됐다. 서재필이 말하기도 전에 지연이 겸자를 줬다.

'현장 경험이 확실히 있군.'

그녀의 빠른 행동에 서재필은 그녀의 말을 신뢰하게 됐다.

동맥을 누르고 상한 부위를 잘라냈다. 그리고 작은 바늘에 실을 끼워 봉합하려고 했다.

혈관에 촘촘하게 실을 박아서 피가 새지 않도록 만들어야 했다.

그러나 서재필은 손이 떨렸고 세밀하지 못한 간격으로 바늘이 혈관을 파고들었다.

그는 자신의 수술 실력이 형편없다는 사실을 깨달았다.

'제길!'

그때 지연이 조심스럽게 말했다.

"제가 해볼까요?"

"가능하겠소?"

"가능합니다."

"어디 한번 해보시오."

위치를 바꿔서 서재필이 지연이 있던 자리로 갔다. 그리고 지연이 서재필의 자리로 가서 겸자로 바늘을 잡았다. 지연이 동맥을 봉합하는 것을 서재필이 지켜봤다. 그녀의 손이 움직이기 시작하자 서재필의 눈도 함께 커지기 시작했다.

'빠르다!'

여태 본 어떤 외과 전문의보다 손속이 빨랐다. 그리고 정확했다. 마치 재봉틀이 박음질을 하는 것 같은 빠르기와 정확도였다. 자신이 봉합했다면 배 이상의 시간이 걸릴게 뻔했다.

그렇게 신속하게 동맥 봉합이 이뤄지고, 힘을 써서 회복이 불가능한 다리를 절단했다.

절단 부위의 피부 봉합을 잠시 미루고 우선 철근이 꽂힌 복부를 개복했다. 그리고 서재필과 지연의 얼굴이 일그러졌다.

"관통 당했군요……."

"틀렸어, 이건……."

"아닙니다. 살릴 수 있습니다."

"뭐……?"

"철근부터 뽑겠습니다."

"……?!"

간에 꽂힌 철근이 뽑히는 순간, 미세 정맥으로 채워져 있는 간에서 다량의 출혈이 발생할 수 있었다. 철근을 뽑으려는 지연의 행동을 서재필이 말리려고 했다. 그러나 집도를 지연이 맡고 있었고 이내 간에 꽂혀 있던 철근이 뽑히면서 피가 흘러나오기 시작했다.

금세 뱃속이 피범벅이 됐다. 그러나 지연의 손은 계속 움직이고 있었다.

"이걸 이렇게 하면……."

"음?!"

서재필의 눈이 다시 커졌다.

생사의 경계선에서 죽음으로 향하는 한사람의 영혼을 건져 올리고 있었다.

수술실 밖에서 인부들이 기다리고 있었다.

"드세요."

"가… 감사합니다……."

뮤리엘이 간 졸이는 인부들의 마음을 조금이라도 녹이기 위해 차를 대접했다.

성한도 차를 받고 뮤리엘에게 감사하다는 말을 했다. 그리고 괘종시계를 쳐다봤다.

'아직 멀었으려나……?'

긴장하기는 성한 또한 마찬가지였다. 담담한 것처럼 보였지만 속을 많이 태우고 있었다. 성한은 말라가는 입을 차로 적셨다.

수술이 막바지에 이르렀다.

개복됐던 환자의 복부가 봉합되고 지연이 페니실린이 담긴 유리병을 들었다.

서재필의 시선이 그녀가 가지고 온 신약에 집중되어 있었다.

"투여하겠습니다."

"잠깐……."

"……."

"아니오. 투여하시오."

"예……."

일말의 주저함이 있었다. 정체불명의 신약을 믿기가 참으로 힘들었다. 그러나 지연이 가진 의술을 목격하고 그녀가 가진 신약을 믿기로 했다.

주사기에 페니실린이 채워지고 환자의 팔을 통해 몸속으로 투여됐다. 그렇게 모든 수술을 마치고 수술실의 문을 열었다.

인부들이 서재필에게 달려왔다.

"어떻게 됐습니까?"

그를 의사로 여기던 인부가 묻고 결과를 들었다.

"일단 수술은 잘됐습니다."

"정말입니까?! 다행이군요!"

"하지만 아직 끝난게 아닙니다. 수술은 잘됐지만 세균에 감염될 확률이 매우 높습니다. 그래서 지켜봐야 합니다. 최소 일주일 동안은 지켜봐야 합니다."

"부디 최선을 다해주십시오."

"의사로서의 본분을 지키겠습니다."

여전히 불신의 시선이 있었다. 다른 인부들은 아직 서재필을 의사로 인정할 수 없었다. 아니, 인정하기가 싫었다.

그럼에도 그에게 수술을 맡긴 것은 병원 로비 한쪽에 걸려 있는 의사자격증과 병원설립허가증을 믿었기 때문이다.

신에게 동료의 생사를 맡겨야 한다고 생각했다. 수술이 끝나기를 기다리느라 해가 지고 있었다.

"가세."

"그러세……."

그들은 서재필에게 짐을 부탁하고 일터로 돌아갔다. 그들이 해야 할 마무리 작업들이 있었다.

살벌한 백인우월주의자들이 나가자 서재필이 한숨을 쉬었다. 그리고 지연의 의술을 칭찬했다. 그가 생각하지 못했던 수술법이 있었다.

"복부지방 막으로 철근에 관통된 간을 메워버리다니… 대체 그런 수술법은 어디서 배웠소?"

"영업 비밀입니다."

"영업 비밀이라. 하하하. 덕분에 한수 배웠소. 사실 나는 세균학을 전공한 의사요. 물론 어느 정도 수술을 할 수 있지만 정말 자신이 없었소. 혹, 외과전공의요?"

"예. 하지만 내과도 조금 볼 수 있습니다."

"팔방미인이로군. 정말 뛰어난 수술이었소."

눈앞에서 벌어졌던 신기를 기억했다. 그리고 지연 때문에라도 성한에 대한 신뢰가 조금이나마 생겼다. 그가 말한 신약이라는 것을 믿기로 했다.

"이미 투여했으니 효능에 관한 결과가 어떻게든지 일어나겠지. 혹, 남은 신약이 있소?"

"예. 있습니다."

"만약 환자가 무사히 깨어나면 그 신약의 효능을 조금 믿어보겠소. 본래 내 예상으론 9할 이상으로 패혈증이 일어나야 하니까. 하지만 환자가 무사히 회복한다면……."

"기적이거나 신약 덕분이거나?"

"그렇소. 그래서 지켜보겠소. 환자가 깨어나는지 아니면 세균 감염이 일어나게 되는지… 물론 내 바람은 환자가 이 자리에서 눈을 뜨고 일어나는 것이오. 그렇게 될 수 있기를 간절히 빌 것이오. 혹, 연락처가 있소?"

"여기 있습니다. 이 번호로 연락을 주십시오."

"변화가 생기면 전화를 주겠소."

"기다리겠습니다. 그리고 이야기를 진지하게 들어주셔서 감사합니다."

조금이나마 신뢰를 얻고 고맙다는 뜻을 나타냈다. 성한이 지연과 함께 허리를 굽히면서 서재필에게 인사했다. 그리고 서재필도 허릴 굽히면서 자신을 도운 사람들에게 인사했다.

두사람이 나가자 서재필이 로비 의자에 털썩 앉았다. 그리고 쓴웃음을 지으면서 뮤리엘에게 말했다.

"생각해보니 아직 수술비를 못 받았군."

뮤리엘이 웃으면서 서재필에게 말했다.
"받으면 좋지만 못 받아도 상관없어요. 이제 정말 사람을 살리는 의사가 되셨잖아요. 돈은 나중에 받아도 될 거예요."
"부인……."
"필립……."
사랑하는 부인을 끌어안고 흐느끼면서 울었다.
사람을 살리고 자신이 살아 있다는 것을 그제야 실감했다.
비록 지연의 손을 빌렸지만 자신이 수술한 환자가 무사히 회복해서 깨어나기를 바랐다.
그렇게 며칠이 지났다.
예상일보다 빠르게 환자의 의식이 깨어났다.
병상에 누워있던 짐이 눈을 떴다.
"으음……."
"필립! 환자분이 깨어났어요."
병실에서 환자를 살피던 뮤리엘이 크게 말했다. 진료실에 있던 서재필이 즉시 병실로 와서 깨어난 환자의 상태를 확인했다. 정신은 몽롱해 보였지만 확실하게 의식이 있었다.
누운 상태로 이리저리 살피던 짐이 서재필에게 물었다.
"누구야… 당신은……?"

힘없는 목소리가 들렸고 서재필이 자신에 대해서 알렸다.

"닥터 제이슨입니다."

"닥터… 제이슨……?"

"본 병원의 병원장입니다. 혹, 공사장에서 있었던 사고를 기억하시는지요?"

"공사장……?"

"공사장에서 크게 다치셨습니다."

"……."

아직 회복이 덜 됐다. 눈을 힘없이 껌뻑이던 짐은 다시 의식을 잃었다.

뮤리엘이 놀라면서 환자를 살폈다.

"환자분! 환자분!"

서재필이 뮤리엘을 말렸다.

"몰핀 때문에 잠든 것이니 걱정하지 마오. 그리고 나중에 깨어나면 다시 알려주오. 어째서 이곳에 있고 수술을 어떻게 받았는지 알려줘야 하니."

"알겠어요."

"잠시 전화하고 오겠소."

기적이거나 페니실린이 제대로 효능을 발휘했거나. 병실에서 나온 서재필이 로비에 있던 전화기를 들었다. 그리고 며칠 전에 받았던 종이에 쓰인 전화번호로 전화를 걸었

다.

여보세요?

"나요. 필립 제이슨이오."

—아, 선생님이시군요. 오늘 전화하신 것은… 혹시…….

"환자가 깨어났소. 그래서 신약에 효능이 정말 있는지 확인해보겠소. 확인 후에 다시 전화를 걸겠소."

—알겠습니다.

용무만 전하고 전화를 끊었다. 한숨을 쉬고 난 뒤 페니실린이 담긴 다른 유리병을 들었다.

다음 날, 서재필은 자신이 졸업했던 컬럼비안 대학교로 향했다. 아내인 뮤리엘은 환자를 살피면서 병원에 남았다.

의과대학을 다니면서 세균에 관심이 생겼고 현미경으로 세균을 보고 놀랐던 일들이 떠올랐다. 학교에는 함께 연구를 했던 연구원 친구들이 있었다. 그들은 서재필을 동양인이라 여기지 않고 그저 당당한 미국 시민으로 받아들이고 있었다.

오랜만에 대학에 찾아오자 연구실의 친구들이 놀라며 그를 반겼다. 그리고 서재필은 그들에게 페니실린이 담긴 유리병을 넘겨줬다. 유리병을 받은 친구들이 의아한 표정으로 서재필에게 물었다.

"오랜만에 와서 우리에게 준 이것은 뭔가?"

"신약일세."

"신약?"

"페니실린이라 불리는 신약이지. 얼마 전에 공사장에서 사고로 심각한 부상을 입은 환자가 내 병원에 왔는데, 부상이 너무 심각해서 수술 후에 패혈증이 오는 것을 우려했다네. 10명 수술하면 9명은 패혈증이 올 정도로 치명적인 상황이었지. 그런데 기적인지 그 약 덕분인지 모르겠지만, 멀쩡히 회복해서 의식을 차렸네. 해서 효능이 있는지 없는지 확인해보고 싶다네. 그 약이 세균에 효능이 있는지 확인해주게. 부탁하네."

서재필의 부탁에 세균학을 전공하는 연구원들은 어리둥절했다. 하지만 환자가 치료됐다는 증언이 있고, 그리 어려운 일도 아니라서 서재필의 부탁대로 신약의 효능을 확인했다.

배양된 세균을 현미경의 대물접시에 올리고 신약 한 방울을 떨어트렸다. 그러자 현미경을 살피던 연구원이 크게 놀랐다. 손으로 눈을 비비고 다시 현미경에 비춰지는 세균을 확인했다. 왕성하게 활동해야 할 세균이 정지 상태에 있었다.

신약의 효능을 확인한 연구원이 옆의 연구원에게 물었다.

"그쪽은 효과가 있어?"

"아니, 없네."

"이쪽은 확실히 효능이 있네. 매독균이 신약에 의해서 활동을 중지했어. 그쪽은 어떠한가, 존?"

또 다른 이에게 효능을 물었다.

현미경으로 세균의 상태를 살피던 연구원이 놀라운 표정으로 대답했다.

"모두 죽었네. 대장균이 신약에 괴사해버렸어."

"잠깐 전화 좀 쓰고 오겠네. 이 사실을 제이슨에게 알려야겠어."

생각지 못한 흥분이 연구실 안에서 감돌았다.

서재필의 병원에서 전화벨 소리가 크게 울려퍼졌다. 뮤리엘이 수화기를 들면서 서재필을 찾는 연구원의 목소리를 들었다.

서재필이 수화기를 건네받아 친구들로부터 실험 결과를 들었다.

—효능이 있네!

"확실한가?"

—확실하네! 매독과 대장균에 뛰어난 효능을 보여! 균들이 괴사하다 못해 터져 죽는 것까지 봤어! 통하지 않는 균도 있지만 극히 일부야! 대체 그 신약을 어디서 구했는가?! 자네가 직접 만들었는가?!

"……."

결과를 듣고 서재필이 잔잔한 미소를 지었다. 그리고 결과를 알려준 친구에게 말했다.

"내가 만든 신약이 아닐세."

—그러면 대체 누가……?!

"다음에 다시 알려주겠네."

—이보게? 이보게……!

서재필은 크게 만족하면서 전화를 끊었다. 수화기 속에서 친구의 목소리가 크게 울려퍼지다가 끊어졌다. 그리고 다시 수화기가 들렸다. 이번에는 성한의 목소리가 수화기 속에서 울려퍼졌다.

서재필이 성한에게 결과를 알려줬다.

"효능이 있소. 그것도 특효약이오. 그것을 어떻게 만든 것이오?"

—따로 만나서 말씀드리겠습니다. 전화로는 알려드릴 수 없습니다.

"그러면 내가 호텔로 찾아가겠소. 그래도 되겠소?"

—예. 괜찮습니다. 오십시오.

"주소를 알려주시오."

—벤자민 호텔 407호입니다. 호텔에서 뵙겠습니다.

철컥 하는 소리가 일어났다. 전화를 끊고 서재필이 로비를 돌아보면서 고요함을 느꼈다.

동양인 의사라는 이유로 텅 비어 있는 로비를 보고 많은 생각에 잠겼다. 계속 환자를 기다려도 올 것 같지가 않았다.

“유성한을 만나고 오겠소.”

뮤리엘에게 말하고 병원에서 나왔다.

서재필은 성한이 있는 벤자민 호텔로 향하며 한번도 그린 적 없는 미래를 꿈꾸기 시작했다. 그동안 없었던 새로운 길이 그의 앞에 펼쳐지려고 했다.

# 신조선 전기

제약회사를 차리다

"조선에선 언제 온 것이오?"

"대략 한달 정도 되었습니다."

"얼마 되지 않았군. 그러면 조선이 지금 어떠한지도 알겠군."

"압니다."

"말해주시오. 나는 이곳에서 신문이나 지인들을 통해서 조선의 정세를 듣고 있지만 그들 또한 조선에서 역적 취급을 받았소. 국내로 돌아가지 못하고 일본에서 들리는 이야기만으로 내게 알려주니 그쪽이 말하는 게 더 정확할 거요. 조선은 지금 어떤 상태요?"

허름하지도, 화려하지도 않은 호텔 방이었다. 서재필이 성한이 투숙하는 방에서 조선에 관해 묻고 어떤 상황인지를 들었다. 성한의 곁에 지연이 함께 있었고 옆방에서 두 사람을 지키는 남녀대원이 복도를 수시로 경계하면서 엿듣는 이가 있는지를 살폈다.

서재필은 조선에서 일어난 이야기를 듣고 놀랐다.

천군이라는 자들이 나타나서 민자영을 구하고 일본군을 궤멸시킨 사실이 믿어지지 않았다. 무엇보다 부정할 수 없는 범죄 증거로 일본을 궁지에 몰아넣은 사실은 경악스럽기까지 했다. 몇 번이나 되물었고 그것이 현실이라는 말에 한번 더 놀랐다.

시간이 꽤 지나고 나서야 반신반의하게 됐다.

"그러면 조선이 일본을 상대로 이긴 것 아니오?"

"맞습니다. 완벽하게 이겼죠."

"일본이 졌다면 친일파들은 중전에 의해 숙청당했겠군……."

"그렇지 않습니다."

"음? 어째서 말이오?"

"중전마마 살해를 시도한 자들은 죗값을 치렀습니다. 하지만 그 죄의 끈을 끊어내신 분들이 총리대신과 지금의 부총리대신 김홍집 대감, 내부대신 그리고 그 외 친일파로 불리던 대신분들입니다. 그래서 백성들 사이에서 친일파

에 대한 생각이 조금 달라졌습니다. 지금은 지일파라는 말이 생겨났습니다."

더 믿기 힘든 말이었다. 하지만 박정양과 김홍집이 오히려 나서서 죄인들을 처단했다니. 그것을 통해서 이희와 민자영으로부터의 신임을 얻게 되었구나 하는 생각이 들었다. 그리고 이하응이 두사람에게 모든 권력을 넘겼다는 이야기를 들었다.

죄인들을 처단하면서 오히려 나뉘었던 세력이 하나로 합쳐지고, 모두가 나라와 백성을 위해 힘쓰기로 했다는 사실이 놀라웠다.

천지개벽이 일어남을 들은 것 같은 느낌.

서재필은 머릿속으로 10년 전에 시도했던 정변과 후과의 일을 비교해봤다. 비록 전혀 다른 사건에 조선의 정세도 달랐지만 처리 과정은 더욱 명백하게 달랐다. 훨씬 처분이 지혜롭다고 생각했다.

한숨을 쉬던 서재필이 커피를 마셨다. 그는 쓴맛으로 입안을 적신 뒤 성한에게 말했다.

"조선이 어떤 상태인지 이제 알겠소."

"좋은 방향으로 변할 겁니다."

"두고 봐야 알겠지… 그 이야기는 그쯤에서 끝내도록 합시다. 날 통해서 페니실린인가 뭔가 하는 신약으로 사업을 벌이겠다고 했는데, 자세한 계획은 어떻게 되는 거요?"

"이제 흥미가 생기셨나보군요?"

"신약이 많은 사람들을 살릴 수 있다는 걸 알았으니까. 사람들을 살리면서 돈도 벌 수 있다면 좋은 것이 아니겠소? 날 통해서 어떻게 사업을 벌일 것인지 자세한 계획을 알려주시오. 들어보고 결정하겠소."

서재필의 이야기를 듣고 성한이 미소를 지었다. 성한은 지연을 보면서 어깨를 으쓱했고, 홍차 한잔으로 입안을 적신 뒤 차분히 말하기 시작했다. 이미 서재필이 사업의 반을 이룬 상태였다.

"사실 장사를 하는 데에 있어서 제일 중요한 것이 신뢰성과 입소문입니다. 그중 전자는 이미 입증되었고 입소문은 앞으로 나게 되겠지요. 환자를 수술했을 때 가장 문제가 되는 것이 감염일 겁니다. 페니실린은 그것을 막는 신약이고 또한 많은 균을 죽일 수 있는 약이니 조만간 약을 구하려고 난리가 날 겁니다. 그래서 페니실린을 대량으로 생산할 수 있는 공장을 차리고 제약회사를 설립할 겁니다. 그리고 그 회사의 경영을 선생님께 부탁할 생각입니다."

뚱딴지같은 이야기로 들렸다.

서재필이 황당한 표정으로 성한에게 물었다.

"경영이라니? 그걸 당신이 하지 않고 어째서 내게 하라는 것이오?"

성한이 대답했다.

“그야, 선생님께서 조선인이 아니라 미국인이기 때문입니다.”

“……?”

“만약, 이곳에서 사업을 벌였는데 미국인이 아닌 조선인이 대성하게 되면 어떻게 될까요? 보나마나 미국 정부에서 뒷조사나 압력행사를 하는 일이 벌어질 수 있습니다. 미국인이라면 그것은 곧 미국의 경사로 이어지게 되는 것이죠. 그래서 선생님께 경영을 맡기려는 것입니다.”

“난 의사지, 경영자가 아니오. 그런걸 어떻게 감히…….”

“제가 조언해드리겠습니다. 제가 뒤에서 도와드리면 됩니다. 선생님의 이름으로 회사를 차리고 투자도 해드리겠습니다. 그리고 선생님께서는 경영자로 적지 않은 월급, 연봉을 가져가시면 됩니다. 그것으로 선생님과 사업 파트너를 맺고 싶습니다. 어떻습니까?”

“…….”

“손해 보는 일은 없을 겁니다.”

회사를 경영해달라는 이야기에 서재필의 미간에 주름이 생겼다.

고민이 깊어졌다. 자신이 내딛어본 적 없는 새 세상이었다. 그러나 그런 경험을 해본 적이 아예 없는 것은 아니었다.

맨손으로 미국에 와서 지금의 자리에 서 있는 자신을 보았다. 할 수 있는 말이라곤 조선말밖에 없는 상태에서 온갖 수모를 겪고, 심지어 생존의 위협까지 느꼈던 순간을 기억했다.

그때의 일에 비해서 한걸음 내딛는 것은 아무 일도 아니었다.

어쩌면 할 수 있을 것 같았다. 모르면 배우면 그만이다.

그러나 신뢰가 우선이다.

"페니실린을 어떻게 만드는 것인지 알려줄 수 있소? 경영자로서 알아야 된다고 생각하오."

성한이 고민할 때 지연이 눈짓으로 눈치를 줬다.

'밑천이야. 그러니까, 알려주지 마.'

아무리 전기에 나올 위인이더라도 온전히 그를 믿어서는 안 된다고 생각했다. 그런 지연의 눈치에 성한의 고민이 더욱 깊어졌다. 그러나 이내 결론을 내리고 단단히 결심을 세웠다.

'괜찮을 거야.'

지연이 인상을 쓰고 성한을 노려봤다. 그녀의 판단에 아랑곳 않고 성한이 서재필에게 신뢰의 증거를 들려줬다.

그가 페니실린의 원료를 알려줬다.

"푸른곰팡이로 만듭니다."

"푸른곰팡이?"

"푸른곰팡이의 독성을 제거해서, 약물만 추출해 정제해 낸 것입니다. 그래서 페니실린입니다. 정제 과정은 경영을 맡으시면 더 자세하게 아실 겁니다."

성한의 대답을 듣고 서재필이 감탄하면서 고개를 끄덕였다. 푸른곰팡이의 학명은 '페니실리움'이었다. 페니실린은 그 이름에서 따온 약명이었다.

지연이 인상을 쓰면서 성한을 노려봤고, 성한은 괜찮다는 뜻을 눈짓으로 보냈다.

위험을 감수하지 않고 큰일을 벌일 수 없었다.

궁금증 하나를 해결하자 서재필은 곧바로 다른 것을 물었다.

"투자금 중 일부를 볼 수 있겠소? 공장을 차릴 만큼의 자본이 있는지 확인하고 싶소."

그 질문에 대해서는 알려주지 않았다.

"공장이 차려지면 굳이 투자금을 보지 않아도 알게 될 겁니다. 이제 신뢰의 증거로 원료를 알려드렸으니, 마땅히 경영자가 되어주셔야 된다 생각합니다."

"……."

"어떻게 하시겠습니까?"

마지막 요청이자 물음이었다. 성한의 물음에 서재필이 잠시 눈을 감고 마음을 정리했다.

아니, 밖으로 나오는 시점에서 결심을 세웠다. 더 이상

가난함을 겪지 않고 넓은 미국 땅에서 성공한 이민자가 되고 싶다는 꿈이 일어났다.

페니실린의 성공을 믿어 의심치 않았다. 공장만 차려지면 미주 대륙을 휩쓸 것이라고 생각했다. 서재필이 성한의 요청을 수락했다.

"좋소. 회사를 차려주면 내가 회사를 경영하겠소. 연봉은 두둑이 줘야 할거요."

"연봉뿐 아니라 보너스도 드리겠습니다. 하하하."

곧바로 계약서를 작성했다. 성한이 고용주였고 서재필은 고용된 전문 경영인이 됐다. 그리고 최저 연봉과 회사 수익에 따른 성과급 계약도 포함됐다.

누군가 본다면 서재필이 회사 소유주로 비춰질 것이다. 그리고 그렇게 되어야 했다. 성한이 종이에 무언가를 써서 서재필에게 보여줬다.

"어떻습니까?"

"음? 무엇이오, 이것은?"

"앞으로 쓰일 회사명입니다. 그리고 가급적 미국인 회사처럼 알려져야 사람들의 거부감이 덜 들겠죠. 안 그렇습니까? 선생님의 이름은 역사에 남을 겁니다."

성한은 '필립 제이슨'이라는 이름을 회사의 이름으로 쓰려 했다. 투자와 지분 소유를 통한 이익 외에 모든 것을 서재필에게 허락해주고 있었다. 그런 성한의 배려에 서재필

은 매우 기뻐할 수밖에 없었다.

흥분과 기대를 동시에 안고 잘 지어진 밥상 위에 숟가락을 올리려고 했다.

"최선을 다하겠소."

희망을 안고 강하게 결심했다. 그와 사업 파트너가 된 성한이 크게 만족하면서 작성된 계약서 2부 중 1부를 서재필에게 건네줬다.

악수를 하고 잠깐 동안의 작별이 이뤄졌다.

"특허를 위해서 한번 연락드리겠습니다. 그리고 준비가 되면 알려드리겠습니다. 지인분들에게 입소문을 부탁드립니다, 선생님."

"알겠소."

"다시 뵐 때까지 건강하시길 빌겠습니다."

"건투를 비오. 그럼, 이만……."

계약서를 가지고 호텔에서 나왔다. 들어갈 때의 긴장은 온데간데없었고 나올 때는 한 부의 계약서와 부푼 꿈만 있었다. 그리고 공장이 차려지기를 기다렸다.

집과 다를 바 없는 자신의 병원으로 향했다. 문을 열고 들어섰을 때, 아내의 비명 소리를 들었다.

"꺄악!"

"뮤리엘?!"

비명 소리에 놀라서 소리가 난 병실로 급히 달려 들어갔다. 그러자 엉망이 된 병실과 침상에서 반쯤 일어나 있는 환자가 보였다.

크게 분노한 환자가 서재필을 노려보고 있었다.

"네놈이… 내 다리를 이렇게 만들었어……?"

"그… 그게……."

"원숭이 놈! 죽여버릴 거야! 죽일 거라고! 어떻게 내 다리를…! 크윽……!"

"……."

"엿 먹을 자식……!"

통증에 아파하면서도 서재필을 상대로 고함을 질렀다. 아내인 뮤리엘이 겁을 먹고 서재필의 팔을 붙든 상태로 벌벌 떨었다. 그리고 서재필은 어떤 말을 해도 다리를 잃은 인부가 진정하지 않을 것이라고 판단했다.

한참을 서서 악에 바친 모습으로 난동을 부리는 환자를 지켜봤다. 몸을 침상에 기댄 환자가 한 발로 서서 물건을 때려 부수고 커튼을 찢는 모습을 봤다. 가위를 든 채 난동부리고 있었기에 말리다가 상해를 입을까봐 이러지도 저러지도 못했다. 그때 로비의 문이 열리면서 환자의 동료들이 들어왔다. 병실에서 울려퍼지는 고함을 듣고 급히 병실로 뛰어와 동료를 진정시켰다.

서재필을 의사로 인정해주던 인부가 난동 부리는 동료를 진정시켰다.

"이봐, 짐! 저분은 자네를 살리신 분이야!"
"원숭이 놈이 날 살린다고?! 웃기지 마! 저놈이 내 다리를 잘랐어!"
"자네 다리는 공사장에서의 사고로 이미 쓸 수 없었어! 철근이 자네의 배를 뚫고 들어와 죽을 뻔했단 말일세! 다른 병원이 자넬 포기했을 때 오직 저분만 수술을 책임지셨어! 그 사실을 알아야 하네!"
"내 다리를……!"
"정신 차리게! 짐!"
"……!"
한쪽 다리를 잃은 현실을 받아들이기가 매우 힘들었다. 상상할 수 없는 정신적인 고통이 몰려왔다. 한참을 머뭇거리던 짐은 끝내 현실을 받아들이고 오열했다. 짐이 자신에게 사실을 알려준 동료의 품에서 큰 소리로 울었다. 그리고 서재필은 한시름 덜어내며 놀랐을 뮤리엘의 어깨를 감싸안았다.
짐은 의식을 차리고 많이 회복되어서 병원에 계속 있을 필요가 없었다. 물건을 때려 부술 수 있는 힘이면 무엇이든 할 수 있었다. 그날부로 생사를 오갔던 환자의 퇴원이 결정되었다. 동료들은 짐을 부축하면서 챙겨줬다.
짐을 진정시켰던 인부가 서재필에게 와서 물었다.
"저… 수술비가 어떻게 됩니까?"

치료비를 묻는 인부에게 서재필이 대답했다.

"200달러입니다."

"200달러… 죄송합니다만… 그 돈은 저희들이……."

"없다면 주시지 않아도 됩니다."

"예……?"

"굳이 주시지 않아도 됩니다. 괜찮습니다."

"……."

수술비를 받지 않겠다는 말에 인부가 놀랐다. 그런 인부에게 서재필은 담담한 모습을 보였고, 한번 더 괜찮다고 말했다. 이에 감동한 인부가 서재필에게 고마움을 표했다.

"하나님께서 의사 선생님의 선행을 기억하실 겁니다."

서재필에게 원숭이라고 말했던 다른 동료들도 감사의 뜻을 전했다.

"감사합니다. 선생님."

그리고 다리를 잃은 짐을 데리고 병원에서 나갔다. 병원 밖까지 나와서 그들을 배웅해준 서재필. 그는 이내 적막이 익숙한 병원으로 들어와 병실로 향했다. 그리고 아내인 뮤리엘이 엉망이 된 병실을 치우는 모습을 봤다.

뮤리엘은 깨진 유리잔을 치우다가 유리조각에 찔려 피를 흘리고 있었다.

"아야……."

아파하는 뮤리엘의 손을 서재필이 살폈다. 그나마 깨끗한 침상에 뮤리엘을 앉혔다. 핀셋으로 박힌 유리조각을 뺀 뒤, 약을 묻힌 거즈로 손가락을 감싸고 반창고를 붙였다.

그리고 뮤리엘의 손과 뺨을 어루만지면서 눈물을 닦아줬다.

"미안하오……."

"아니에요……."

"이제 부인에게 진심으로 약속하오. 다시는 이런 일을 겪지 않게 해주겠소. 내가 동양에서 왔다는 이유로 무시받는 일도 없게 하겠소. 두고 보시오, 부인."

"필립……."

"앞으로 부인이 나로 인해서 고생하는 일은 없을 거요."

누구를 위한 결정도 아니었다. 오직 자신의 유일한 가족인 사랑하는 뮤리엘을 위해서 내린 결정이었다. 그녀가 돈 걱정 없이 살고, 자신으로 인해서 고생하지 않기를 원했다.

유일하게 사랑하는 단 한사람을 위해서 모든 것을 걸었다. 그로 인해 서재필의 인생이 바뀌고 있었다.

* * *

'워싱턴 D.C' 포토맥 강 너머의 시가지. 성한은 그곳에서 허름한 건물 하나를 사들였다. 성한은 건물을 금으로 결재했다.

"여기 있습니다."

"정부에서 인정한 금괴가 맞소?"

"의심이 들면 확인해보십시오."

"동양인들이 어떻게 이런 금을 가지고 있는지…흠……."

자고로 동양인은 가난하고 못산다고 생각하는 것이 그들이 가진 편견이었다. 역시나 그런 편견을 가진 건물주는 성한이 건넨 금괴를 의심하면서도 전에 확인했던 진짜 금괴를 믿고 건물을 팔았다. 그리고 성한은 강변에 위치한 건물에 공장을 차릴 준비를 했다. 그가 건물 구입에 사용한 금괴는 이희가 준 금관을 여러 덩어리로 쪼개고 은행에서 녹인 뒤 규격에 맞게 굳힌 것이다. 금괴는 미국 정부의 허가를 얻어 연방 은행의 문양이 새겨져 있었다. '골드 러시'로 유명한 서부 개척 시대에서만 가능한 금 밀수였다.

공장 건물을 구입하고 사람들을 불러들였다. 김세연과 화학팀, 정욱과 이성철을 비롯한 기계공학팀을 불러들였다. 그리고 경호를 위한 4명의 대원도 포함시켰다.

청소부들을 고용해 공장 건물을 깨끗이 비우고 정리했다. 기계공학팀에서 구상한 설계도대로 설비 주문을 하고 받은 설비들을 공장에 설치해 생산 라인을 구축했다. 증기 기관을 설치하고 발전기도 설치했다. 그렇게 본격적으로 신약을 생산할 준비를 했다.

서재필이 성한의 연락을 받고 공장에 방문했다.

3층 정도 되는 높이에 천장이 있었고, 2층에는 공중에 띄워진 통로가 있었다.

생각보다 큰 공장을 보고 서재필이 감탄했다.

"여기가… 페니실린이 생산되는 공장이오……?"

"그렇습니다."

"정말로 모든게 준비됐군! 의심한 것은 아니지만 이 정도일 줄은 몰랐소! 대단하오! 정말로 내가 이 공장과 제약회사의 경영자가 되는 거요?"

"예. 선생님."

"내가 이 공장의 경영인이 되다니! 많이 도와주시오! 모르는 게 있다면 언제든지 묻겠소! 귀찮아하지 말고 알려줘야 하오!"

"그렇게 하겠습니다."

"아아……!"

주체할 수 없는 흥분에 휩싸였다. 생산 설비 여기저기로 서재필의 시선이 파고들었다.

성한이 액자에 담긴 영업허가증을 그에게 보여줬다.

"주 정부로부터 허가를 받았습니다. 이제 수익이 나면 연방 세율로 납세하면 됩니다. 나머지는 모두 회사 것입니다."

"열심히 일하면 일하는 것만큼 얻겠군!"

"사유재산제의 장점이죠. 여기 특허증이 있습니다. 선생님께서 소개시켜주신 친우분들 덕택에 지적재산이 어렵지 않게 증명될 수 있었습니다. 감사합니다."

"아니오. 내가 마땅히 해야 할 일이었소. 그럼 이제 페니실린 제조 기술을 도둑질 당하지 않게 막을 수 있는 것이오?"

"막을 수 있다기보다 처벌 혹은 배상의 법적 근거를 얻었습니다. 그것이 앞으로 얻을 수익보다 클 수 있습니다."

"그러면 미국인을 고용해서 페니실린을 생산할 것이오?"

"지금은 이 인원으로 소량 생산을 할 겁니다. 그리고 수요가 크게 늘면 그때 미국인들을 고용할 겁니다. 동양인이라고 차별받는 설움을 벗어던질 때가 그때입니다."

가슴에서 뭔가 터지면서 시원함이 일어났다.

그동안 자신을 누르고 짓밟던 자들 위에 군림할 수 있다는 생각이 들었다. 그러나 그것도 자신의 선택이었다. 그런 선택권이라도 가질 수 있길 소망했다. 더 이상 무시 받지 않고 차별받지 않길 원했다.

생산 시설을 돌리면서 소량의 페니실린을 생산하기 시작했다. 발전기가 돌기 시작하고, 배양실에서 배양된 푸른

곰팡이들을 채취했다. 그리고 큰솥에 쏟아진 곰팡이들로부터 항생에 쓰이는 약물과 독물을 함께 추출했다.

중성화를 포함한 몇 개의 과정을 거쳐서 약효를 지닌 약물이 앰플 안에 담겼다. 밀봉된 앰플을 본 서재필과 성한은 만족스러운 듯 보였다. 정욱과 생산에 참여한 연구팀이 함께 흡족한 미소를 지었고, 지연은 떨어지지 않는 시선으로 성한의 뒷모습을 봤다.

성한은 앰플이 담긴 상자를 보면서 앞으로의 일을 기대했다.

“본격적으로 팔아봅시다. 선생님의 지인분들을 통해서 각 병원에 페니실린을 추천하고, 이걸로 환자들을 치료하게끔 합시다. 이제 시작입니다.”

성한은 투자자였고 서재필은 ‘필립 제이슨’사의 사장이었다. 그가 임시 고용된 연구팀장과 팀원들에게 지시했다. 그리고 앰플이 담긴 상자가 마차에 실려 컬럼비안 대학교에 보내졌다. 이미 페니실린의 효능을 확인한 연구원들은 임의로 앰플 중 하나를 터트려서 약 효능을 확인했다. 그리고 서재필에게서 약간의 수고비를 받고, 아는 지인과 의학교수에게 페니실린을 추천했다.

워싱턴의 한 병원에서였다.

맹장 수술을 마친 환자가 고열에 시달리면서 가쁘게 숨을 쉬었다. 환자의 팔에 수액 주사를 놓았지만 열이 떨어지지 않았다.

간호사가 다급해하며 담당 의사에게 말했다.

"선생님. 환자의 열이 떨어지지 않아요. 어떻게 하죠?"

"……."

"지시를 내려주세요. 선생님."

딱 봐도 세균 감염으로 인한 패혈증 증상이었다. 길지 않은 고민 끝에 의사가 지침을 내렸다.

"이번에 컬럼비안 대학교에서 추천한 신약이 있네. 그것을 투여해보게."

"예. 선생님."

새로 받은 신약을 쓰기로 했다. 그리고 앰플을 깨서 안에 담긴 약물을 뽑아 패혈증을 호소하는 환자의 팔에 주사했다.

차도가 있는지 보기까지는 최소 반나절 이상의 시간이 필요했다.

"지켜보게. 그리고 문제가 생기면 바로 호출하게."

"예. 선생님."

그들은 잔뜩 긴장해 환자의 상태를 지켜봤다. 그리고 반나절이 지났다. 환자의 열이 차츰 떨어졌다. 하루가 지나자 환자는 온전히 정신을 차렸다. 식사하는 환자를 보며 의사가 놀라워했다.

"효능이 확실히 있군! 정말로 여태 살리지 못했던 많은 사람들을 살릴 수 있겠어! 페니실린을 더 많이 주문해야겠어!”

어쩐지 구하고 싶어도 쉽게 구할 수 없는 약이 될 것 같았다.

각 병원에서 페니실린을 대량으로 사겠다는 주문이 들어왔다. 그리고 그 사실이 미국 사회에 조금씩 알려지기 시작했다. 그러던 중, 한 신문사가 페니실린에 대해서 취재를 벌였다. 의학에 관심이 많은 기자가 그에 대한 이야기를 듣고 조사한 것이다. 그리고 페니실린이 획기적인 특효약이라는 것을 알았다.

그렇게 미국 전역을 아우르는 신문에 페니실린에 관한 기사가 떴다.

신문을 구입한 사람들이 그 기사를 읽고 있었다.

[페니실린, 의학계를 뒤집을 신약이 개발되다.

최근 컬럼비안 대학교 세균학과 연구원들을 통해서 신생 제약회사인 ‘필립 제이슨’사가 개발한 ‘페니실린’이라는 신약이 효능을 입증했다. 페니실린은 세균 감염에 있어서 특효를 발휘하는 약으로 수술이나 외상 치료, 매독, 감기를 포함한 광범위한 균 감염 질병에 그 특효를 보였다. 따라서 앞으로 많은 외상 환자들, 감염 환자들이 구원받을 것으로 예상된다. 이미 페니실린의 효능을 경험한 병원에서는 페니실린을 대량으로 구입해서 환자들에게 투여할 것이라 밝혔다.]

기사를 읽은 백인들이 감탄하고 있었다. 작업복을 입은 인부들부터 양복을 입고 중절모를 쓴 지식인들까지 다양했다. 입에 시가를 문 사업가들이 기사에 관한 이야기를 했다.

"대단한 신약인가보군."

"페니실린이라니. 이제 그러면 수술도 마음 놓고 할 수 있는 건가?"

"거짓말 아냐? 갑자기 이런 특효약이 나오다니… 쉽게 믿어지지가 않아."

"그래도 이렇게 기사가 나올 정도면 진짜겠지. 봐, 대학교 연구원들이 입증했다고 하잖아. 이 정도면 거짓말은 아닐 거야."

너무나 환상적인 신약이었기에 바로 믿기가 어려웠다. 그러나 컬럼비안 대학교의 이름값과 여러 병원들의 경험, 증언으로 사람들은 페니실린의 효능을 결국 믿을 수밖에 없었다.

페니실린을 잘 모르던 먼 지역의 병원도 워싱턴에서 발행되는 신문을 읽고 페니실린의 효용에 주목했다.

결국 엄청난 주문이 밀려들었다. 정욱이 전화기를 받으면서 침을 튀겼다.

"알겠습니다. 하지만 주문하신 페니실린을 바로 드릴 수 없습니다. 최소 3개월은 기다리셔야 됩니다. 그렇게 오래 기다려야 되냐고요? 지금 주문량이 엄청나서… 죄송합니다. 선생님."

전화를 끊으면 곧바로 수화기를 들어야 했다.

"필립 제이슨사입니다. 어디시라고요? 뉴욕주의 주립병원이요? 페니실린을 주문하신다고요? 죄송하지만 주문량이 엄청나서 시일이 꽤 걸립니다. 최소 3개월 보셔야 됩니다. 그래도 괜찮으시다고요? 그러면, 얼마만큼의 양을……."

정욱뿐 아니라 몇몇 연구원들도 전화기를 잡아야 했다. 그리고 그들은 밀려들어오는 페니실린 주문에 응대해야 했다.

그 모습을 서재필이 흥분한 모습으로 지켜봤다. 성한 또한 주먹을 불끈 쥐면서 눈앞에 고속도로가 펼쳐지는 것을 느꼈다. 시동을 걸고 달리기 시작한 차가 시속 200km까지 속력을 높이고 있었다.

'성공이다! 이제 이 회사는 세계적인 제약회사가 될거야! 돈이 돈을 부르고 사람을 불러들이게 된다! 그 돈으로 또 다른 밑천 장사를 할 수 있어!'

이제 막 창업한 회사의 성공을 목격하고 있었다. 그리고 그는 또 다른 회사를 창업할 꿈을 꾸기 시작했다.

그러나 그것보다 더 큰 꿈이 있었다. 그것은 세상에 '선'이라는 표본을 보여주는 것이다. 성한이 서재필에게 경영에 관한 가르침을 전했다.

"일급 4달러면 직원을 뽑는 데에 있어서 어렵지 않을 겁니다."

"그렇게 많이 줘야 하오?"

"보수가 넉넉하면 당연히 회사에 목숨을 바치면서 일하게 됩니다. 물론 생명을 담보로 삼아서 일해야 되는 것은 아니지만 그만큼 직원들이 만족할 수 있는 보수가 매우 중요합니다. 그 외에 다른 복지 혜택도 있어야 합니다. 직원들이 기계가 아니라는 것을 경영자는 알아야 합니다. 그래야 노사가 한마음이 되어 큰 뜻을 펼칠 수 있습니다."

서재필이 성한의 가르침을 귀담아들었다. 그러나 그 말이 구체적으로 무엇을 뜻하는 건지 감이 잡히지 않았다. 그는 여전히 1900년 전후의 시대를 사는 사람이었다. 성한은 2000년대에 이르는 인류의 경험과 지혜, 지식을 함께 가지고 있었다.

직원들의 구하기 위한 당근책을 종이에 써서 서재필에게 보여줬다. 그것을 본 서재필은 눈을 크게 키울 수밖에 없었다.

"이… 이게 가능하오?"

성한이 단호하게 말했다.

"가능합니다. 충분히 말이죠. 욕심을 조금만 내려놓으면 충분히 가능한 이야기입니다. 당근은 야생마를 명마로 바꿉니다."

서재필은 성한이 내려준 가르침을 마음에 새겼다. 그리고 가슴이 이끄는 대로 신문에 구인광고를 냈다. 페니실린을 생산하기 위한 생산직 직원들을 뽑는다고 신문을 통해서 세상에 알렸다.

신문에 실린 구인광고를 사람들이 확인했다.

"얼마 전에 페니실린인가 뭔가 하는 약이 개발된 거 알지?"

"알지. 특효약이라면서?"

"그 약을 만드는 필립제이슨사에서 직원들을 뽑는다고 해. 일급이 얼마인지 알아?"

"얼마야?"

"무려 4달러."

"뭐? 에이, 장난치지 마. 잘나가는 공장에서 중직에 올라도 3달러가 될까 말까인데 4달러나 준다고?"

"진짜야. 한번 읽어봐. 게다가 회사 이익에 따라 성과급도 준다는데?"

"거짓말!"

빌딩 공사장에서 신문을 읽던 인부가 광고의 내용을 전했다. 그러자 함께 쉬고 있던 동료들이 신문 쪽으로 고개를 내밀었다.

그리고 믿을 수 없는 보수와 근무 조건을 확인했다.

[1. 일급 4달러. 주 5일 40시간(하루 8시간) 근무. 공휴일 휴무.

2. 상하반기 영업성과에 따라 추가로 성과급 지급.

3. 회사와 협력하는 병원에서 일급 미만 진료비는 무료진료. 일급 이상 진료비와 수술비는 노동자와 가족에 한해 회사에서 절반 부담. 수술비가 연봉 이상일 경우 회사에서 수술비 전액 부담.

4. 매월 휴가 1일 추가. 한해 월차 12일 제한. 여름에 기본 월급 반액으로 휴가비 지급.

5. 정년 이전 퇴직시 퇴직금 지급 및 반년동안 기본월급 70퍼센트를 매월 지급.]

"뭐야?! 이건?!"

"이게 대체……?!"

여태 본 적 없는 근무 조건이었다. 일급 4달러는 근무 조건 중 일부였고, 그 외에 딸려오는 조건들이 너무나 충격적이었다.

공사장에서 일하는 인부들은 아침 6시부터 공사장에 출근해 저녁 6시까지 일하는 사람들이었다. 때로는 오후 8시까지 일하면서 저녁밥을 굶는 것도 다반사였다.

그것이 일상이었고 당연하다고 생각했다. 그래서 구인 광고의 근무 조건이 믿어지지 않았다.

광고를 읽은 많은 사람들이 고개를 절레절레 흔들었다.

"거짓말이겠지."

"이런 근무 조건이 정말 가능한 거야? 도저히 믿어지지가 않아."

신문을 내던지고 남은 일을 하러 공사 중인 건물에 올라갔다. 안전띠나 안전모 없이 일하며, 그날도 세상 가장 위험한 곳에서 일하고 급료를 받았다.

떨어진 신문을 한 인부가 집어 들었다. 그가 동료들과 함께 이야기했다.

"필립 제이슨… 혹시 그 의사분인가?"

"그분이 맞아."

"여기에 쓰인 근무 조건이 진짜일까?"

"가보면 알겠지. 짐을 구한 그 의사라면 사기 칠 사람은 아니야. 설령 이중 반이 거짓이더라도 지금 여기서 고생하는 것보단 나아. 일요일에 공장으로 가봐야겠어."

"이곳 사장을 믿는 것보다 원숭이를 믿는게 더 낫겠어."

사고로 다리를 잃은 인부의 동료들이었다. 신문에 실린

구인광고를 보고 남들이 상상하지 못한 세상으로 가려고 했다. 그리고 그들은 일요일에 포토맥 강 너머의 필립제이슨 사옥으로 향했다.

2층 회의실에서 나름 깔끔하게 옷을 입은 인부들이 잔뜩 긴장한 채 의자에 앉았다.

그들 앞에 익숙한 사람이 있었다.

"구면이군요."

"예… 사장님……."

"한사람은 그래도 절 인정해줬고… 왼쪽 끝에 앉으신 분은 제게 동양 원숭이라고 말했죠."

"죄송합니다…! 그땐 제가 미쳐서…! 앞으로 다시는 그런 말을 절대 하지 않겠습니다! 죄송합니다!"

서재필에게 원숭이라 칭했던 인부가 어쩔 줄 몰라 했다. 그를 서재필이 노려보다가 슬쩍 웃으면서 그의 마음을 녹였다.

"저뿐만 아니라 머리색, 피부색과 상관없이 모든 사람들에 대한 편견을 지우십시오. 그렇게 하실 수 있겠습니까?"

인부가 강하게 대답했다.

"예!"

"좋습니다. 더 이상 인종 차별을 하지 않는다는 조건으로 여러분들을 고용하겠습니다. 부디 열심히 일해주시기 바랍니다.”

“예! 사장님!”

오만했던 백인이 동양인 사장 앞에서 무릎을 꿇었다. 서재필은 자신에게 원숭이라 비하했던 백인에게 복수하지 않았다. 뉘우친 그를 용서하고 생산직 직원으로 고용했다. 그리고 성한이 데리고 온 교육을 담당하는 사람들에게 맡겼다.

그들이 누구인지 궁금했지만 어차피 나중에 회사에서 나갈 사람들이라 묻지 않았다. 언젠가 성한으로부터 그들에 대한 이야기를 들을 것이라고 생각했다.

본격적으로 고용된 직원들에 의해 페니실린 생산이 이뤄졌다. 그리고 서재필과 인연이 있던 인부들 외에도 여러 직원들이 채용되면서 공장 가동률이 높아졌다. 그러나 만족스러운 수준은 아니었다. 성한이 지연과 함께 직원들이 일하는 모습을 공장 2층에서 지켜보고 있었다.

지연이 성한에게 실망감을 나타냈다.

“구름떼 같이 올 거라면서, 이게 뭐야? 30명이 전부잖아.”

“기다려봐. 아직 사람들이 구인광고를 믿지 못해서 그래. 근무 조건대로 근무가 이뤄진다는 것을 알면 벌떼같이 올거야. 차후에 한번 더 채용을 벌일 거야.”

성한이 회사의 미래를 지연에게 예견했다. 그 예견이 이뤄지기까지는 한달이라는 시간이 더 필요했다.

필립제이슨사에 취직한 직원들 때문에 다른 건설회사와 도축회사 등에서 인력 구멍이 났다. 직원들의 공백에 사장은 급히 다른 직원들을 구했고, 퇴사한 직원들이 신생 제약회사에 취직한 것을 알게 됐다.

그 이야기를 들은 건설회사 사장이 혀를 차면서 회사를 나간 직원들에게 악담을 늘어놓았다.

"멍청한 놈들. 그런 근무 조건이 가능하다고 생각하나? 세상이 어떤 세상인데 회사 사장이 그딴 마인드로 기업을 경영해? 그렇지 않나?"

"맞습니다. 사장님."

"내가 장담컨대 내년이면 그 회사는 망할 거야. 두고 보라고."

워싱턴 D.C를 주름잡는 건설회사의 사장이었다. 그를 비롯한 많은 사장들이 필립 제이슨의 파산을 예상하며 자신의 생각을 직원들에게 주입시켰다.

필립제이슨사의 경영 방식은 충격을 주기에 충분했다. 그리고 기존 사장들의 바람과는 달리 직원들은 수시로 필립제이슨사로 이직한 동료들의 소식을 들었다.

한 직원은 직장을 옮긴 동료를 술집에서 만났고, 그의 이야기를 들었다.

"정말로 일급이 4달러야?"

"그래."
"하루 8시간만 일하고?"
"그래, 그렇다니까. 그뿐만 아니라 구인광고에 실려 있던 근무 조건이 모두 진짜였어. 그래서 요즘 살맛난다니까. 집에 가니까 사라가 얼마나 좋아하던지. 이번 여름에는 제대로 휴가를 보낼 생각이야. 휴가비도 따로 준다고 들었고."
"그렇게 해서 경영이 돼? 직원들에게 그렇게 퍼다 주면 회사에 남는게 있나?"
"그러고도 남을걸?"
"무슨 뜻이야?"
"페니실린 주문이 엄청 밀려 있어. 자네도 알다시피 온갖 질병에 쓰이는 약이라 부르는 게 값이야. 그래서 회사에 돈이 남아돌아. 필요한 것은 사람이니까 이번에 자네도 퇴사해서 우리 회사로 오도록 해. 늦으면 이직하고 싶어도 할 수 없게 될거야. 그러니 서두르게."
그는 필립제이슨사의 상황을 알리고, 친했던 동료에게 이직을 종용했다. 그로 인해 버지니아주와 워싱턴 D.C의 많은 회사가 술렁였다.
구인광고에 실린 근무 조건이 현실이라는 것을 깨달았기 때문이다.
그 사실을 사람들이 알게 된 순간, 필립제이슨사 앞은 인파로 가득찼다. 직원채용 공고를 냈다가 만명에 이르는 사람들이 몰려서 거리가 엉망이 됐다.

“거 참, 밀지 마시오!”

“왜 이렇게 많이 왔어?!”

“더워 죽겠네! 망할!”

폭동인 줄 알고 출동한 경찰이 크게 놀랐다.

“이게 다 뭔가……?”

“필립제이슨사에 취업하려고 온 입사지원자입니다.”

“뭐?!”

“일당 4달러에 5일만 일한다는데… 그것 때문에 이렇게 사람들이 몰렸습니다. 이제 어떡합니까? 서장님?”

“어떡하긴 뭘 어떡해?! 이 난장판을 정리해야지! 사람들을 통제해서 길가로 줄 서게 해!”

“예!”

“일당 4달러에 5일 근무라니… 그게 가능한 일인가……?”

출동한 경찰서장이 근무 조건을 듣고 혹했다. 그러나 자신의 직분에 최선을 다하기 위해 경찰들을 지휘하며 거리를 정리하기 시작했다. 깔때기를 들고 사람들을 통제했다.

“왼편으로! 왼편 2열로 서십시오!”

“마차가 지나가야 합니다! 왼편으로 줄을 서세요!”

경이로운 모습이었다. 그 모습은 건물 밖으로 나온 다른 회사 사장들에게 기막힘을 선사했다.

중절모를 쓰고 시가를 입에 문 사장들이 어처구니없어 했다.

"미친거 아냐?"

"필립 제이슨이라는 놈이 동양인이라면서? 그런 놈 밑에서 일급 받겠다고 저 짓거리를 벌여?"

"아무리 돈이 궁해도 그렇지 동양 원숭이 밑에서 일하려고 하다니……!"

"맙소사."

신생 제약회사의 성공이 믿어지지 않았다. 아니, 인정하고 싶지 않았다. 눈앞에 보이는 풍경도 얼마 지나지 않아 사라질 것이라고 생각했다.

그들의 모습을 멀리서 성한과 지연이 지켜보고 있었다.

"꽤나 분통이 터지나봐. 아까 전부터 저기 서서 계속 노려보고 있어."

"자신들이 정의라 믿었는데 불의에 서게 된것을 깨달았으니 불편할 거야. 원래 진실은 불편한 법이라잖아. 이제 구인을 벌일 때마다 필립제이슨사가 기준이 될거야."

악덕기업의 사장들이 불편해하는 모습을 본 두사람은 통쾌했다. 지연은 속이 시원해지는 것을 느꼈고, 성한은 미국의 경영 문화가 바뀌게 될 것이라고 예측했다.

미미한 시작이었지만 절반 이상은 왔다. 그리고 그 문화는 곧 조선에 영향을 끼칠 것이다.

다다음달의 매출 정산이 기대되고 있었다.

"이제 전력을 다해서 페니실린을 생산할 거야. 밀린 주문도 어느 정도 해소될 거고. 진정으로 미국의 제약 산업을 주무르게 될거야."

길게 줄을 늘어섰던 입사지원자 중 300명가량이 취직되어 페니실린을 만드는 공장에서 일하기 시작했다. 그들은 한달동안 교육을 받고 본격적인 신약 생산에 참여했다.

일하는 직원들의 입에 미소가 걸렸다. 공장에 열의 가득한 직원들이 수급되면서 페니실린 생산량도 폭발적으로 올랐다.

모두가 회사 매출과 이익을 기대하는 가운데, 성한이 이야기했던 매출 정산의 순간이 찾아왔다. 정욱이 한달 매출을 산출한 뒤, 급히 회계 문서를 가지고 사장실로 들어왔다.

그리고 몹시 흥분하며 사장실에 있던 성한과 서재필에게 회계 결과를 들려줬다.

"이번 달 매출만 무려 20만 달러입니다!"

"진짜?!"

"예! 그리고 순이익만 10만 달러가 넘어요! 주문은 여전히 밀려 있고 완전히 대박이에요!"

"와!"

보고를 듣던 성한이 입을 벌리고 크게 감탄했다. 그리고 환하게 웃었다.

서재필은 귀를 의심하면서 정욱에게 회계문서를 보여달라고 말했다.

"이리 와서 보여주시오. 직접 봐야겠소."

그리고 정욱이 건네주는 문서를 손에 받았다. 표에 쓰여 있는 숫자를 확인하고 눈을 크게 키웠다. 그리고 입꼬리가 절로 말려 올라갔다.

"밀리언 달러! 100만 장자요, 100만 장자! 우리가 100만 장자요! 어떻게 이런 일이! 오오……!"

한 해 예상 매출만 400만 달러. 늘어나는 설비와 폭증하는 페니실린 주문량을 감당할 경우 이룰 수 있는 목표치였다. 그로 인한 수익만 200만 달러 이상으로 예상되었다.

서재필의 반응을 성한이 즐기고 있었다. 그리고 그에게 서재필이 고마움을 나타냈다.

"이런 큰 회사의 경영자가 될 줄 몰랐소! 정말 고맙소!"

감격에 젖어 눈물을 글썽였다. 눈물을 닦으면서 미국에서 겪었던 서러움을 단번에 날렸다.

그가 가진 감정이 성한과 정욱에게도 전해졌다. 두사람 역시 미국에서 지내며 원숭이라는 말을 한번씩 들었기에 서재필의 감정이 와닿았다.

사업을 성공시킨 것으로 끝이 아니다. 중요한 것은 사업을 잘 유지하고 또 다른 성공을 이루는 일에 있었다. 서재필이 성한에게 조언과 가르침을 구했다.

"이제 어떻게 하면 좋겠소?"

성한이 되물었다.

"어떻게 하실 생각입니까?"

서재필이 대답했다.

"초심을 유지해야지."

"어떤 초심을요?"

"직원들을 기계로 여기지 않고 동업자로 여기는 것. 언제나 겸손한 자세로 운영하며 공익을 실현시키고자 하오."

"그것은 기본적인 것이고 가장 중요한 것을 말씀하셔야 됩니다."

"어떤 것을 말이오?"

"기업의 목적은 이익 창출입니다. 아무리 경영자가 겸손하고 직원들을 배려해도 기업이 이윤을 창출할 수 없으면 악덕기업에게 먹힐 수 있습니다. 기본을 갖추고 더 많은 이윤, 장기적인 투자로 미래를 품어야 합니다. 그 부분에 맞춰서 생각하셔야 합니다."

성한의 이야기를 듣고 서재필은 자신이 더 이상 의사가 아니라 기업인이라는 것을 깨달았다. 자신의 이름이 걸린

회사를 위해서 취해야 할 행동, 조치들을 생각했다. 그리고 회사의 주력 상품인 페니실린의 장단점을 생각했다. 서재필은 거기에 주목하면서 성한에게 말했다.

“알기로 균이 페니실린에 내성을 가질 수 있다던데.”

“모든 균이 그렇습니다. 사장님께서는 더 잘 아실 거고요.”

“새로운 약을 개발하겠소. 그리고 그 약은 사람이 정복하지 못한 질병을 치료할 약이 될거요. 앞으로 신약 개발을 위해서 고급 인력을 충원시키고자 하오. 컬럼비안 대학교의 세균학과 연구원들을 신약 개발 연구원으로 영입하겠소. 이에 대해선 어찌 생각하오.”

“현명하신 생각입니다. 추가로 해외 시장 개척이라는 방법을 사장님께 권해드리고 싶습니다.”

“해외 시장 개척?”

“미국에서 페니실린의 인지도가 쌓이면 유럽에도 페니실린을 구하려고 할 겁니다. 그때 페니실린을 수출하면…….”

“엄청나게 팔리겠군!”

“대체품이 없어서 부르는 게 값이 됩니다. 저는 가급적 적당한 가격에 팔고 싶지만 경영자는 사장님이니 사장님의 뜻대로 하십시오. 상상 못할 가격에 팔아도 많은 사람을 살리는 것은 매한가지입니다. 약이 없다면 모두 죽을 사람들입니다."

성한의 이야기를 듣고 서재필이 잠시 고민하다가 말했다.

"적당한 가격으로 팔겠소. 죽을 사람을 살리는 것이라 해도 더 많은 사람을 살리겠소. 그것이 의사로서 남아 있는 나의 신념이오."

악덕기업가가 되기를 거부했다. 그 마음은 성한도 마찬가지였다. 미소를 지으면서 서재필의 미래를 예견했다.

'이제 논란이 많은 독립운동가가 아니라 세계적인 제약회사의 경영자이자 참된 경영인으로 역사에 이름을 남길 겁니다.'

독립운동가지만 그 역할이 사람들의 인식 속에서 미미한 사람이었다. 그리고 그는 개인적인 처신을 더 중요하게 생각하던 사람이었다. 그 운명의 틀을 성한과 미래에서 온 사람들이 변화시키고 있었다.

성한은 품에서 봉투를 하나 꺼냈다. 장사를 하는 데에 있어서 매우 중요한 것이 있었다.

"무엇이오? 그것은?"

성한의 품에서 나온 봉투를 보며 서재필이 물었다.

입가에 머금은 미소와 함께 성한은 새로운 계획을 펼쳐 보여주었다.

그것은 자본주의의 상징이었다.

"증권거래소에 회사를 상장시킵시다. 그러면 돈으로 매길 수 없는 엄청난 이윤이 거둬질 겁니다. 주식으로 새 길을 여는 겁니다."

증권거래소에 상장되느냐 되지 않느냐에 따라 기업의 가치가 달라질 수 있다. 그리고 그것을 통해서 성한이 큰 그림을 그리기 시작했다.

성한이 서재필에게 그림 전체에 관한 내용을 들려줬다. 그리고 그것을 들은 서재필은 소스라치게 놀라면서 성한에게 물었다.

"그… 그것이… 정말… 가능하겠소?"

그의 물음에 성한이 확신을 가지고 대답했다.

"가능합니다. 두고 보십시오. 필립제이슨사는 세계를 움직이는 최고의 기업이 될 겁니다."

바다가 지형을 바꾸려고 했다.

역사라 불리는 물줄기를 마음대로 바꾸려 했다.

그로부터 며칠 지나서였다.

신약 개발과 신생 제약회사의 탄생을 알렸던 워싱턴 신문사에서 다시 역사가 이뤄지는 현장을 사람들에게 알렸다.

기사를 읽던 백인들이 놀라워했다.

"필립제이슨이 증권거래소에 상장된다는데?!"

"정말?! 어디?"

"여기야! 앞으로 더 많은 신약을 개발하고 투자 지원을 얻기 위해 증권거래소에 상장될 거래! 그리고 주식 100만 주를 발행하겠다나 봐! 경제인들 말로는 주식 1주에 5달러로 상장될 거라 보고 있다는데?!"

"5달러면 시가총액이 500만 달러인가?"

"그것보다 훨씬 높지! 상장되는 순간 폭등은 기정사실이야! 세상에 페니실린 같은 명약을 만드는 회사가 어디에 있어! 그런 회사가 나오기 전까지는 부르는 게 값이야! 매물이 나오면 무조건 사야 해!"

그들은 경제에 관한 기사를 읽으면서 크게 술렁였다. 특히 주식투자에 관심이 많은 백인들에겐 충격을 선사할 정도로 기가 막힌 이야기였다.

그 충격이 미국 경제계를 넘어 사회 전체와 정치계를 강타했다. 연일 신문에 오르는 기업에 대해서 미국 정치인들이 모를 수가 없었다.

의자 앞에서 담배 연기가 피어올랐다.

"요즘 필립제이슨사가 자주 실리는군. 유례없는 신약으로 사람들을 구하다니."

"페니실린이라고 하더군요. 특히 수술 후 감염을 막는 데에 특효약이라고 들었습니다."

"전시에 부상병들에게 쓰이면 참 좋겠군. 그렇지 않소?"

"예. 각하……."

"내가 차관보를 부른 이유는 이 때문이오."

눈썹과 눈이 가까워 매서운 눈매처럼 보였다. 각진 외모는 마치 거친 파도를 헤쳐 나갈 것 같은 선장의 모습이었다. 그의 이름은 '윌리엄 매킨리'였고, 미군의 모든 통수권을 가진 자였다.

매킨리가 집무실 책상 앞에 선 이에게 말했다. 그는 둥근 얼굴에 사슬이 달린 안경을 쓰고 있었다. 그리고 조금 귀여우면서도 냉철하게 보이는 외모를 지니고 있었다.

그의 이름은 '시어도어 루즈벨트 주니어'였다.

전쟁부에서 해군을 담당하는 차관보좌관에게 매킨리가 자신의 뜻을 밝혔다.

"현재 우리가 전쟁을 치르게 된다면 쿠바 문제가 얽혀 있는 스페인과 전쟁을 치를 확률이 크오. 우리 장병들을 위해서라도 막대한 양의 페니실린이 필요하오. 신약 매입에 차관보가 나서 보시오. 미리 페니실린을 확보해서 전시를 대비해야겠소."

"알겠습니다. 각하."

스페인과의 전쟁을 준비하고 있었다. 영국의 식민지에서 독립을 이룬 미국이 구세계로 통칭되는 유럽과 완전한 분리를 이루려고 했다. 신생국의 불안한 기반을 단단하게 다질 생각이었다. 때문에 신세계라 불리는 아메리카 대륙에서 구세계의 영향을 지우려 했다.

루이지애나를 프랑스로부터 사들이고, 쿠바도 마찬가지로 스페인으로부터 사들이려고 했다. 그러나 그 시도는 스페인의 반발만 불러왔고 양국의 관계는 험악해진 상태였다.

대통령의 지시를 받은 루즈벨트가 페니실린 대량 구입에 나서려고 했다. 그가 직접 필립제이슨사를 방문했다.

루즈벨트의 갑작스런 방문에 서재필은 놀랄 수밖에 없었다. 성한은 서재필을 얼굴로 세우고 옆방에 앉아서 이야기를 엿듣기 시작했다.

서재필이 먼저 루즈벨트에게 인사했다.

"전쟁부 해군 차관보좌관님께서 저희 회사를 방문하실 줄은 몰랐습니다. 만나 뵙게 되어 영광입니다. 필립제이슨사 사장 제이슨입니다."

"소문대로 동양인이군."

"예. 하지만 미국시민권자입니다. 피부색은 피부색일 뿐, 제 조국은 미합중국입니다. 미국을 위해서 제 인생을 걸 겁니다."

"좋은 자세군. 차관보좌관 시어도어 루즈벨트 주니어요. 루즈벨트 보좌관이라 부르시오."

"예. 보좌관님."

서재필은 수행원들을 이끌고 사장실로 들어온 루즈벨트를 사장실 중앙의 소파로 안내했다. 그리고 서로 마주앉았

다. 차 대접을 받고 한모금 마신 뒤, 곧바로 본론으로 이야기를 진행시켰다.

루즈벨트가 서재필에게 정부에서 원하는 것을 알려줬다.

“내가 온 이유를 짐작하리라 생각하오. 전쟁부에서 페니실린이 많이 필요한데, 신약을 매입하려고 직접 사장을 찾아왔소. 페니실린이 우리 장병들을 살릴 것이라 보고 있소.”

루즈벨트의 이야기를 듣고 서재필이 미소지었다. 그리고 그에게 필요한 페니실린의 양을 물었다.

“얼마나 필요합니까?”

“얼마나 팔 수 있소?”

“반년동안 생산하면 시중에 판매하는 것 외에 5만명분을 10달러에 팔아드릴 수 있습니다.”

“10만명분을 사겠소. 가능하겠소?”

“물론입니다.”

“계약서를 주시오. 바로 계약을 맺겠소.”

“잠시 기다려주십시오.”

진한 미소를 숨기고 서재필이 직원을 불렀다. 그는 백인 비서를 불러 계약서를 준비하라고 지시했다. 이내 루즈벨트와 서재필 사이의 탁자 위로 2부의 계약서가 놓였다.

계약서에 루즈벨트의 서명이 새겨지고 서재필도 서명을

남겼다. 그로써 페니실린 판매 계약이 이뤄졌다.

계약서 1부를 챙겨서 수행원이 넘겨주려고 할 때였다. 서재필의 비서가 몇 부의 증서를 다시 탁자 위에 올렸다.

그것을 본 루즈벨트가 물었다.

"이것은 뭐요?"

서재필이 웃으면서 말했다.

"오신 김에 특별히 선물로 드리고자 합니다."

"선물?"

"이번에 저희 회사가 증권거래소에 상장을 준비하고 있습니다. 상장되기 전에 차관보좌관님께 싸게 사실 수 있는 기회를 드리려고 합니다. 저희 회사의 주식을 사시면 후에 시세가 올랐을 때 되파실 수 있습니다. 팔지 않고 가지고 계시면 분기별로 배당금을 받으실 수 있습니다. 어떻습니까?"

"……."

서재필의 제안에 루즈벨트가 슬쩍 미소를 보였다. 그러나 이내 콧수염을 만지면서 생각에 잠겼다. 자신에게 주식을 팔려 하는 서재필의 저의를 짐작했다.

'내게 주식을 팔아서 비호를 받겠다? 그저 멍청한 동양인은 아니군.'

다시 미소를 보이며 서재필에게 물었다.

"뇌물인가?"

대답을 들었다.
"아닙니다."
"그러면?"
"뇌물이라면 이 주식을 공짜로 드려야 합니다. 하지만 저는 차관보좌관님께 판다고 말씀드렸습니다. 투자자가 되어달라는 것입니다. 증권거래소에 상장이 되면 여지없이 시세 그대로의 가격으로 사셔야 합니다. 그렇게 되기 전에 살 수 있는 기회를 드리는 겁니다."
건방지기 짝이 없는 말이었다. 그러나 외면하기엔 너무나도 매력적인 제안이었다.
주식 한 주를 얼마에 팔 것인지 루즈벨트가 물었다.
"한 주당 얼마에 팔거요?"
서재필이 대답했다.
"10달러입니다."
"10달러?!"
"한 주 10달러에 최대 200주를 사실 수 있습니다. 그러면 저희 회사 지분의 0.02%를 가져가시는 겁니다."
루즈벨트가 역정을 내며 물었다.
"한 주에 5달러로 평가되는 것으로 아는데, 10달러면 싼것이 아니라 오히려 비싸게 파는것 아니오? 그렇지 않소?"
그리고 서재필이 말했다.

"향후 50달러, 100달러 이상까지 오를 주식입니다. 저희 회사의 잠재력이라면 충분히 그렇게 될 수 있다고 자신합니다. 절대 차관보좌관님께서 손해 보실 일은 없습니다."

"……."

"어떻게 하시겠습니까?"

서재필이 여유로운 모습으로 말하자 루즈벨트의 눈썹이 꿈틀거렸다. 루즈벨트는 서재필을 한참 쳐다보다가 필립제이슨사의 주식 증서를 내려다봤다. 그리고 자신이 미끼 앞의 고기라는 생각이 들었다.

'외면하기에는 이 미끼가 너무 먹음직스럽군!'

루즈벨트는 펜을 들었고 원하는 주식의 수를 증서에 써넣었다. 주식 200주를 써넣고 서명란에 자신의 이름을 적었다. 그 모습을 보면서 서재필이 미소지었다. 증서를 넘겨주면서 루즈벨트가 경고의 메시지를 보냈다.

"만약 손해 보게 된다면 세무조사 등을 각오해야 할거요."

"절대 손해 보실 일은 없을 겁니다."

자신 있게 말하는 서재필의 모습이 오히려 믿음직스럽게 보였다. 그가 동양인이든 뭐든 간에 필립제이슨사의 경영자였고, 의사들이 증언하는 페니실린의 효능과 상품성을 믿었다.

악수를 한 루즈벨트가 사장실에서 나왔다. 그와 수행원이 사옥에서 빠져나가자 거래를 성사시킨 서재필이 한숨을 쉬었다. 그리고 소파에 등을 기대며 긴장의 끈을 놓았다.

옆방에 있던 성한이 안으로 들어왔다. 그에게 서재필이 헛웃음을 지으며 말했다.

"설마하니 전쟁부 차관보좌관이 올 줄 몰랐소."

성한도 기막힌 표정을 지으면서 말했다.

"저도 몰랐습니다. 와봐야 중간자가 올 줄 알았습니다. 갑자기 루즈벨트라니……."

"후우……."

"그래서 더 좋았습니다. 앞으로 미국 정계에서 더 큰일을 하리라 여겨지는 인물이니 말입니다. 이제 루즈벨트와 우리가 함께 배를 타게 됐습니다. 여기에 미국 정계 전체와 함께한다면 호랑이 등에 날개를 단 격이 되겠죠."

"앞으로 99명이 남았군……."

"그들을 모두 포섭한다면 회사는 정치적으로 비호를 받을 겁니다. 미국 정계와 함께 움직여야 합니다."

페니실린이라 불리는 무기를 장착한 전함에 루즈벨트를 포함한 미국 정계 인사들을 태우려고 했다.

다음 날부터 서재필이 정치인들을 만나면서 안면을 트기 시작했다. 그들은 서재필을 동양인이라 속으로 비하하면서도 자신들에게 오는 이익을 철저하게 챙겼다.

필립제이슨사의 주식을 산 사람 중에는 미국 대통령인 매킨리도 포함되어 있었다.

매킨리는 이 주식이 상장되면 막대한 이득이 떨어질 것이라는 계산을 했다. 그리고 실제로 증권거래소에 상장되자 사람들은 필립제이슨사의 주식 시세를 알리는 번호판을 보고 경악했다.

한 주에 5달러에 이를 것이라던 경제인들의 판단이 완전히 빗나갔다.

"또 오른다!"

"30달러를 넘었어! 계속 올라!"

"5달러라면서 대체 얼마나 오르는 거야?! 지금이라도 당장 사야 해!"

"매물! 매물은 없습니까?! 더 오르기 전에 사야 하는데!"

"오, 하나님. 맙소사!"

상장되자마자 시세가 수직 상승하고 있었다. 상한 제도가 없었기에 부르는 게 값이었고 매물조차 구경하기 힘들었다.

이따금씩 10여 주 정도가 매물로 풀렸다가 금방 사라지면서 거래소에 장탄식만 늘어났다. 그리고 결국 세자리 번호판이 바뀌게 됐다. 신생 회사의 주식을 사기 위해 몰린 투자자들의 눈이 뒤집힐 뻔했다.

"50달러!"
"대체 매물을 누가 사는 거야?!"
"빌어먹을!"
손에 돈을 쥔 사람들이 매대 앞에서 아우성쳤다. 투자자들을 상대하는 거래소 직원은 식은땀을 흘렸다. 곧 폭동이 일어날 것 같은 분위기에 경비 직원들이 와서 투자자들을 진정시키기 시작했다.
그러다가 매물이 풀리게 됐다.
"예, 예. 알겠습니다."
거래소 직원이 전화를 받았다가 끊고선 크게 외쳤다.
"1000주가 주당 100달러에 매물로 나왔습니다! 매입하실 분은 필립제이슨사 매대 앞으로 오십시오!"
"이런 망할!"
"저거라도 사야 돼!"
"밀지 말라고! 아악!"
줄을 섰던 투자자 중 한명이 매대로 몸을 날리자 다른 투자자들도 놀라서 함께 달려들었다. 결국 주식 거래가 이뤄지는 매대가 부서지고 거래업무를 보던 직원이 다쳤다. 그리고 투자자들 중 일부가 넘어져서 다른 사람의 몸에 깔리는 상황이 벌어졌다.
압사로 죽은 사람이 없다는 것이 다행일 정도였다. 경비들이 와서 사람들을 통제하기 시작했다. 개장 두시간 만에 거래소 혼란을 막기 위해 거래가 일시 정지되었다.
그 모습을 성한과 정욱이 지켜보고 있었다.
정욱이 성한의 작전에 감탄했다.
"조금씩 가격을 높이면서 팔다가 갑자기 가격을 높여서 물량을 푸시다니. 한수 배웠습니다. 과장님."
"살라미 전술을 굳이 외교에서만 쓸 필요도 없지. 사람에게 기대심을 높이기엔 좋은 전략이야. 더군다나 미국 주식시장에는 예로부터 상하한 거래금액 제한이 없으니까. 나처럼 유망한 회사의 주식을 독식하고 있을 땐 작정하고 가격을 끌어올릴 수도 있어. 나 이외에 주식을 가진 사람은 시세가 상승할까봐 못 팔게 되고, 내가 시중에 푼 주식을 사는 사람들은 절대 100달러 아래로 팔려고 하지 않겠지. 그리고 상승에 불이 붙었으니 조만간 우리가 예상하지 못했던 가격도 보게 될거야."
"200달러까지 오를까요?"
"더 할 수도 있지. 우리가 어떻게 하느냐에 따라서 주식시세가 달라질 거야. 주문량을 감당하기 위해서 공장을 더 지어야겠어. 그러면 더 많은 수익을 걷고 배당금이 커지게 될거야. 그런 비전만 제시해도 시세는 끝없이 오를 수 있어."
필립제이슨사에서 발행된 100만 주 중 성한이 '해리 존스'라는 가명으로 90퍼센트에 조금 못 미치는 주식을 쥐

고 있었다.

그리고 서재필이 8퍼센트의 주식을 쥐고 있었고, 루즈벨트를 비롯한 미국 정치인들이 2퍼센트에 조금 못 미치는 주식을 손에 쥐고 있었다.

나머지 주식은 필립제이슨사의 직원들과 증권거래소에 주식을 매수한 사람들이 가졌다.

1000주 조금 넘는 주식이 거래소에 풀리면서 시장에 큰 충격을 선사했다.

매대가 쓰러지면서 엉망이 된 뉴욕 증권거래소의 실내 사진이 뉴욕과 워싱턴 D.C 언론사 신문 전면에 실렸다. 그리고 그 기사를 대통령인 매킨리가 조간신문으로 읽었다.

신문을 읽는 그의 얼굴에 환한 미소가 피어올랐다.

"대박이군! 원숭이 놈에게 주식을 살 때까지만 해도 미심쩍었는데. 제이슨 사장은 진짜 재주 많은 원숭이였소! 아니 그렇소?!"

"예. 각하."

"이번 분기에 총 배당금이 얼마나 될 거라고 하오?"

"듣기로 50만 달러라고 들었습니다."

"200주를 샀으니 100달러로군. 시세에 비하면 보잘 것 없는 것 같은데… 어떻게 생각하오?"

"당장은 그렇게 생각하실 수 있지만 기사를 보시면 앞으로 페니실린 주문량을 감당하기 위해 공장을 짓고 생산 설비를 늘리겠다고 적혀 있습니다. 그러면 수익이 더 커지고 배당금 또한 몇 곱절에 이를 것입니다. 100달러가 200달러, 500달러가 될 수 있습니다."

"필립제이슨이 잘될수록 우리에게 이득이겠군."

"예. 각하."

"좋소. 이참에 제이슨 사장을 홍보하는 것이 어떻겠소? 먼 동양에서 온 이민 경영자가 미국 시민이 되어 성공한 스토리를 써나가는 것도 누군가에겐 멋진 이야기가 될 것 같소. 다른 나라의 인재가 우리나라에 와서 꿈을 펼치는 전례를 만드는 것이오. 어떻소?"

"좋은 생각이십니다."

"비서실장을 통해서 언론사에 내 뜻을 전해야겠소. 이제 진정한 다인종 국가가 되어야 하오."

나름 공화당 소속 대통령으로 흑인 노예 해방을 일으킨 링컨의 뜻을 이으려고 했다.

루즈벨트가 나가자 매킨리가 비서실장을 불러서 자신의 뜻을 전했다. 그리고 그 뜻은 미국 유수의 신문사들에게 전해졌다.

그렇게 한 이민자의 이야기가 사람들에게 알려졌다.

흑인보다 더 비참한 인종이 개척의 나라에서 성공을 이루는 스토리가 세상에 알려진 것이다.

[필립 제이슨. 그는 누구인가? 서쪽 태평양 너머 조선이라 불리는 나라에서 온 망명자로, 무일푼에서 성공을 이루고 이제는 신약으로 사람들을 치료하는 위대한 사업가다. 그는 미국 시민권자이며, 미국을 위한 장사를 하고 있다. 또한 사회 공익을 실현시키며 누가 봐도 본받을 만한 일을 하고 있다. 이를 두고 우리는 과연 미개한 동양인이라 할 수 있을까? 그는 진정으로 위대한 개척자다. 개척의 나라인 미합중국에 어울리는 시민이다. 그의 성공을 앞으로도 기원한다.]

기자 사설을 읽고 사람들은 이런 반응을 보였다.

"원숭이 놈이 성공했군."

"그런 말하지 마. 우리나라 시민이라고 하잖아. 적어도 우리보단 유능한 사람이고 미국을 위한 사람이야. 인류를 위한 사람이기도 하고 말이야. 누구도 그 사람을 모욕할 수 없어."

서재필을 시작으로 동양인에 대한 인식이 조금씩 바뀌기 시작했다. 비록 대다수 사람들은 여전히 인종차별을 했지만 전례가 있다는 것은 변화의 시작이 될 수 있었다.

증권거래소에서 일어난 놀라운 일과 서재필에 관한 이야기가 알려지면서 필립제이슨이라는 이름은 미국 전역에서 상당한 인지도를 얻게 됐다.

그리고 여전히 주식을 사기 위해 사람들이 몰렸다. 이따금씩 풀리는 10여 주에 투자자들은 아우성을 치면서 매수했다. 이르게 주식을 팔았다가 시세가 오르는 것을 보고 배 아파하는 투자자들도 나왔다.

새로 공장이 설립되고 생산량이 곱절로 증대됐다.

그렇게 한 해가 지나갔다.

필립제이슨사는 미국 최고의 제약회사로 발돋움했다. 1907년 첫 분기 배당금만 50만 달러에 이르렀다.

일급 4달러의 고용조건과 두둑한 상여금이 근로자들에게 지급됐다. 그리고 서재필은 1만 달러에 이르는 상여금과 4만 달러에 이르는 배당금을 챙기면서 부호에 도달했다.

워싱턴 D.C 번화가 거리에 수많은 마차들이 줄지어 서 있었다. 고급 양복을 입은 사람들이 마차에 타면서 저마다의 목적지로 향하고 있었다.

그중 한 마차에 안경을 쓴 동양 신사가 다가섰다. 그를 기다리던 마부가 문을 열어주고 승차를 도왔다. 그리고 동양 신사가 마부석에 올라탔다.

마부는 뒤에 탄 동양인을 귀하게 대하면서 목적지를 물었다.

"어디로 가십니까? 사장님?"

"브룩 랜드로 가주게."

"알겠습니다! 사장님!"

기업 경영인으로서 마차 한대와 마부 한명이 필요했다. 그것은 성공한 미국인의 상징이었고, 어느 누구도 서재필을 무시할 수 없었다.

그날은 워싱턴 D.C 외곽에 위치한 부촌에서 집을 사기로 한 날이었다.

서재필은 개인 마차를 통해 저택 앞에 도착했다. 중개업자와 집주인이 마중 나와서 그를 맞이하고 집 안으로 안내했다. 무도회장 같은 응접실에서 계약이 이뤄졌다. 중개업자가 가지고 온 문서에 서재필이 서명을 하고, 개당 2천 달러에 달하는 금괴들을 꺼내놓았다. 그리고 8천 달러에 저택을 구입했다.

그로부터 사흘이 지나서였다.

서재필이 뮤리엘과 함께 저택 안으로 들어섰다.

새집에 들어온 뮤리엘이 집안을 둘러보며 감탄했다.

"필립… 이게 정말 우리집이에요……?"

"그렇소. 당신 집이오. 그동안 정말 고생해주었소……."

"아아… 필립……!"

서재필에게 안긴 뮤리엘이 눈물을 쏟았다. 세상 무엇과도 바꿀 수 없는 사랑이었지만 그 사랑이 너무나 힘들었다.

세상의 시험과 인간의 악함 속에서 사랑의 선함을 지키기 위해 안간힘을 쓰고 발버둥질했다. 그때의 시련이 이제는 추억이 되었다.

앞으로 좋은 일들만 생겨날 것 같았다.

서재필은 뮤리엘을 안고 저택 후원을 보면서 성한에 대한 고마움을 품었다.

'고맙소. 참으로 고맙소. 그댈 만나지 않았다면 이 순간은 없었을 거요.'

하늘을 붉게 물들인 석양이 그렇게 아름다울 수가 없었다.

서재필은 근래 어느 때보다 편안하고 화평한 밤을 보내고 회사에 출근했다. 그리고 성한이 알려준 대로 유럽 시장을 개척하기 위한 준비를 했다.

제약회사를 설립하고 막대한 이윤을 챙긴 성한 또한 농부로부터 샀던 집을 팔고 뉴욕 인근으로 이사했다. 그와 함께 지연과 해병대 대원들을 포함한 기술팀원들도 필립제이슨사에서 퇴사하고 거주지를 옮겼다.

맨하튼이 잘 보이는 이스트강 너머의 브루클린이었다. 그들은 10여 년 전에 지어진 브루클린교 근처에 위치한 4층 주거 빌딩을 매입했다. 그곳은 해병대 대원들과 기술팀원들, 지연이 함께 호실을 나눠서 썼다.

이른 아침에 성한이 조깅화를 신고 집에서 나왔다. 그리

고 거리와 강변 산책로를 뛰면서 하루를 준비했다.

아침부터 장사하기 위해 가게 문을 여는 백인들이 있었다. 성한은 그들과 거리의 풍경을 살피면서 앞으로 무엇을 할지에 대해서 구상했다.

'이제 어떤 사업을 벌이면 좋으려나…….'

부촌이었기에 종종 마차가 보이고 있었다. 회사에 출근하려고 집을 나서는 기업가들을 봤다. 하나같이 상류 백인들이었다. 브루클린교가 건설되면서 맨하튼에서 브루클린으로 이사한, 새집을 짓고 건물을 사들인 사람들이었다.

출근하는 남편을 배웅 나온 여인과 시선이 마주쳤다. 여인은 성한을 보고 더러운 동양인이라 생각하면서 인상을 찌푸렸다. 성한은 그녀의 생각을 알 수 있었다.

집안으로 들어가는 여인을 보면서 한숨을 쉬었다.

'시간이 꽤 걸리겠군…….'

서재필 한명으로는 미국 전역의 편견이 바뀔 수 없었다. 결국 실력으로 백인들에게 인정받아야 했다. 운동을 마치고 집으로 돌아온 성한은 샤워를 하고 옷을 갈아입었다. 오랜만에 다 같이 식탁 앞에 앉아서 음식을 먹었다. 오찬을 가지면서 앞으로의 계획에 대해서 이야기를 나눴다.

잼을 바른 식빵을 먹으면서 지연이 성한에게 물었다.

"이제 어떻게 할거야? 어떤 사업을 새로 벌일 거야?"

성한은 아침에 봤던 풍경을 떠올렸다.

"자동차를 팔아볼까 해. 지금이 최적의 시간이야."

향후 100년동안, 어쩌면 그 이후에도 최고의 부를 가져다줄 사업이었다.

세계 최고의 자동차를 만들어 온 세계 사람들의 마음을 훔치려고 했다.

성한은 미국에서 조선을 지원할 기반을 마련하고 있었다. 그사이 조선에 남은 대한의 후예들은 조선을 백성을 위한 나라로 발전시키고 있었다.

그들은 변혁에 변혁을 거듭하면서 새로운 미래로 향하고 있었다. 그리고 조정에는 새 인물들이 등용되었다.

미래에서 온 명의

"죄인들을 추포하라!"

"한놈도 놓치지마라!"

"친일파를 죽여야 한다!"

"와아아~!"

낮에 소총으로 무장한 군사들이 도성을 봉쇄하고 총리대신의 집을 포위했다.

문이 깨지면서 장병들이 들이닥쳤다. 미리 그들의 난입을 짐작한 총리가 마당에 서서 자신에게 총구를 조준한 장병들에게 말했다. 그는 죽음을 피할 수 없다고 생각했다.

"도망치지 않는다. 내 스스로 경무청으로 향할 것이다.

물러나라."

총을 조준했던 장병들이 길을 열었다. 근심하는 가족의 시선을 뒤로하고, 떨어지지 않는 발걸음에 당당함을 실었다. 그리고 대문 밖에서 기다리고 있는 아라사 군사들에게 붙들렸다.

종로 거리를 지날 때 자신에게 욕설을 퍼붓는 백성들을 봤다. 몇몇 백성들은 달려들기까지 했다. 그러자 수백수천에 이르는 백성들이 몰려 온몸에 돌을 던지고 발길질을 가하기 시작했다.

머리와 복부에서 강한 고통이 일어났다. 현기증이 일어나면서 정신을 잃고 곧 숨을 거둘 것 같았다.

온몸의 감각이 옅어지고 숨을 거두려 할 때 몽롱한 의식이 갑자기 뚜렷해지면서 사지의 감각도 단번에 돌아왔다.

벌떡 일어나면서 큰소리로 고함을 질렀다.

"와악!"

"대감……?"

"허억…! 허억……!"

"괜찮으세요? 대감?"

온몸이 흠뻑 젖어 있었다. 꿈에서 깬 김홍집이 급히 주위를 돌아보고 부인이 있다는 것을 알아챘다. 그리고 자신이 종로 저잣거리가 아니라 집 안방에 있다는 사실을 깨달았다.

죽지 않고 살아 있다는 생각에 안도감이 밀려들었다.

"주… 죽는 줄 알았소……."

"예?"

"꿈에서… 내가 백성들에게 죽임을 당했소… 중전마마께서 일본놈들에게 입에 담기 힘든 일을 당하시고… 다시 내가 총리가 되었을 때, 전하께서 아라사 공사관으로 파천을……."

"대감……."

"꿈이라서 다행이오. 그런 비극이 벌어지지 않았다는 것이 너무나도 다행이오. 부인을 이렇게 볼 수 있다는 것이 너무나 감사하오……."

"대감."

"부인……."

악몽을 꿨다. 자신이 백성들에게 몰매를 맞고 죽임을 당했다. 그것이 꿈이라는 사실에 가슴을 쓸어내렸다.

함께 나이를 먹어가는 부인을 끌어안고 살아 있다는 사실에 감사했다. 그러면서 민자영이 죽고 왕이 파천했다면 어찌되었을까 하는 상상을 했다.

귀한 기회가 자신에게 주어져 있었고, 나라와 백성을 위해 온힘을 쏟고자 했다.

김홍집이 한숨을 쉬며 광화문을 지나 대궐에 입궐했다. 안에서 박정양이 미리 그를 기다리고 있었다. 박정양은 김홍집의 얼굴을 보고 심히 놀라 밤에 무슨 일이 있었는지 물었다. 김홍집의 표정이 매우 어두웠다.

"꼴이 그게 뭔가? 밤에 무슨 있었는가?"

"악몽을 꿨습니다. 형님."

"무슨 악몽?"

"지난 왜란 때 중전마마께서 큰일을 당하셨던 꿈 말입니다. 그 일로 인해서 제가 백성들에게 돌팔매를 맞고 죽는 꿈이었습니다."

"거 참 해괴한 꿈이로군. 신경 쓰지 말게. 마마께서 무사하시고 자네도 이리 멀쩡하니 말이야. 남은 액땜을 한 것이라 생각하게."

"예. 형님."

"그나저나 이번에 관직에 오르는 사람들에 대해서는 이야기를 들었는가?"

"조금 압니다."

"어떤 사람들인가?"

"유과장과 장부장과 관련된 사람이라고 합니다. 천군의 수장이라고 들었습니다."

"천군의 수장……."

"저와 함께 형님을 보좌할 겁니다."

을미왜란(乙未倭亂)이 일어난지 한 해 지났을 무렵이었다.

조정이 개편되면서 새 인물들이 천거됐다. 그리고 천군이라 불리는 무리의 사람들이 본격적으로 조정에 모습을 드러냈다.

근정전 양편에 각부 대신들이 섰고 새롭게 관직에 오른 사람들이 정전 중앙에 서서 임명장을 받았다.

조선 관복을 입은 김인석이 이경직으로부터 첩지를 받았다. 이어서 유성혁과 장성호가 임명장을 받았다. 이희가 따로 선택한 사람도 첩지를 받았다. 그의 이름을 이희가 호명했다.

"이상재."

"예! 전하!"

"경이 그리는 미래가 곧 짐의 미래다. 학부에서 백성들을 잘 가르칠 수 있는 정책을 찾아서 과인에게 상신하라."

"예! 신, 이상재, 학부협판으로서 맡은 바 소임을 다하겠습니다!"

박정양의 문하생이자 젊은 인재였다. 특히 조선의 내일을 그리는 큰 뜻을 품은 위인이었다. 친일파에 대한 편견이 사라지자 이희가 그를 알아보고 관직을 줬다.

그리고 김인석과 유성혁, 장성호가 이상재를 알아보고 흐뭇한 미소를 지었다. 대한민국 역사에 큰 족적을 남기는 위대한 독립운동가 중 한사람이었다. 그 미래가 더 찬란하게 빛나려고 했다.

세사람을 호명하면서 조정에 힘써달라고 이희가 말했다.

"김인석, 장성호, 유성혁."

"예! 전하!"

"우부총리와 특무대신, 군부협판으로 나라와 백성을 위해 힘써달라. 과인에게 조언하기를 주저하지 말라."

"어명을 받들겠습니다! 전하!"

마치 사극에서나 보는 것처럼 허리를 굽히고 큰 목소리로 이희에게 감사의 뜻을 전했다. 그 모습을 대신들이 보고 있었다. 그리고 저마다의 생각으로 세사람에 대해 궁금증을 나타냈다.

대신들이 그나마 조금이라도 알고 있는 사람은 유성혁이었다.

'정말 전하께서 숨겨두신 비밀 부대란 말인가?'

'갑자기 조정 중신으로 등용이 되다니…….'

'특무대신? 모든 내각에 관여할 수 있는 특별한 대신이라고? 그러면 전하께서 저 장성호라는 자를 대체 얼마나 믿으신단 말인가?'

'저들 외에 따로 임명장을 받은 관리들이 있었나…….'

장성호가 내각 모든 부에 관여할 수 있는 특별한 권력을 부여받았다. 그로 인해 법부대신인 서광범, 농상공부대신 김가진, 군부대신인 안경수 등이 긴장했다. 특히 안경수는 자신 아래로 유성혁을 둬야 했다. 그렇기에 만약 장성호가 군부에 관여하기 시작하면 자신이 가진 권력이 유명무실해질 가능성이 있었다.

나라와 왕실을 구한 영웅이라 하더라도 자신의 자리를 위협하는 것은 원하지 않는 일이었다. 하지만 이희의 뜻이 확고했고, 영웅들에게 관직이 주어지는 것이라 뭐라고 할 수 없었다.

관직을 받고 나라를 위해서 일할 명분이 너무나도 충분했다.

그렇게 세사람이 주요 관직에 임명됐다.

밤에 왕이 베푸는 작은 연회에 참석하고 북촌에 마련된 집에 가서 편히 쉬었다. 그리고 하루가 지나 세사람은 이희에 의해 협길당으로 불려왔다.

이희와 민자영, 이하응이 있었고 맞은편에 김인석, 장성호, 유성혁이 나란히 앉아 있었다.

이하응을 제외한 다섯사람이 커피 잔을 들었다. 이하응은 녹차를 마셨고 나머지 다섯명은 커피를 마시면서 궁녀들이 준비해둔 서양과자를 한입 베어먹었다.

협길당 주위를 해병대 대원들이 지키는 가운데, 비화를 위해서 궁녀들마저도 집옥재 주위에서 물러났다. 준비가 되자 그들은 마음 놓고 이야기하기 시작했다.

이희는 김인석과 처음 만났을 때를 떠올리면서 우부총리

로 임명된 소감을 물었다.

"총리와 좌부총리에 이어 세번째 대신이다. 과인에 이어 네번째 권력을 가지게 됐는데 어떠한가? 과인에게 경이 느끼고 있는 것을 말해보라."

"솔직히 실감이 가지 않습니다."

"어째서?"

"비록 우부총리라는 직책을 얻었지만 저는 여전히 환웅함의 함장입니다. 때문에 미래에서 온 사람들을 지켜야 할 책임이 있습니다."

"하지만 이미 이 나라에 살기로 했으니 조선을 위하는 것이 경과 후손들을 위한 일이다. 맞는가?"

"예. 전하."

"어렵겠지만 경과 후손들을 위해서 소임에 최선을 다하라. 경의 경험과 식견을 과인은 믿을 것이다."

"명심하겠습니다. 전하."

역사에 없는 담대함을 품었다. 그래야만 강국이 조선을 포위한 정세에서 살아남을 수 있다고 생각했다. 그것이 미래를 엿본 이희의 변화된 모습이었다.

그는 환웅함의 함장인 김인석을 믿고 있었다. 그리고 왕실을 구하고 조선을 일본의 손아귀에서 구한 성혁을 믿고 있었다.

성혁에게 앞으로 무엇을 할 것인지 물었다.

"군부 협판이 되었다. 이제 이 나라 군부의 중신으로서 무엇을 할 것인지 말해보라."

군에 관해서는 성혁이 최고 전문가였다.

김인석과 장성호도 군에 속한 인물이었지만 실질적인 전투는 성혁이 담당하고 있었다.

그가 육군을 주력으로 하는 조선군의 개혁 방향을 알려줬다.

"현재 조선 백성만 1000만명이 넘고 영토의 크기도 삼천리에 달합니다. 이에 비해 지금의 조선군은 규모가 너무 작습니다. 군을 늘릴 필요가 있습니다. 무엇보다 징집병을 지휘할 수 있는 사관과 부사관이 더 많이 필요합니다. 그래서 육군사관학교와 육군부사관학교를 빨리 개교하고자 합니다. 또한 첫 졸업생도들은 모두 두 학교의 교관으로 육성하고자 합니다. 그들을 키우는 것은 저와 해병 소대가 담당코자 합니다. 강군이 육성될 수 있도록 전력을 다하겠습니다."

"무기 개발은 하지 않을 것인가?"

"구상은 하고 있습니다. 하지만 그것을 위해서는 조선의 공업이 전반적으로 발전되어야 합니다. 아직 그 정도 수준은 되지 못합니다."

마음이 급했다. 그리고 아쉬웠다.

이희가 원하는 것은 미래 후손들의 지식을 빌려 국산 무기를 개발하고, 그 무기로 무장된 강군을 가지는 것이다.

그리고 왕실과 조선, 백성들을 지키는 것이다.

불편했지만 어쩔 수 없는 현실을 받아들였다.

성혁의 의견을 듣고 나니, 그것이 그가 할 수 있는 최선이라고 생각하게 됐다. 결국 공업이 따라줘야 무기 개발도 이뤄질 수 있었다.

때문에 장성호에게 시선이 옮겨졌다. 그는 미국에 가 있는 성한에 대한 소식을 알고 있었다. 성한이 미국에서 어떤 성과를 내는지 궁금했다.

"특무대신."

"예. 전하."

"과인의 내탕금을 가져간 유과장이 미리견에서 회사를 차리겠다고 했는데, 지금 어찌되었는지 아는가?"

"최근에 들어온 소식이 있습니다."

"어떤 소식인가?"

"제약회사를 차려서 위장 경영인을 세우고 페니실린이라는 신약을 판매했습니다. 미리견 전역이 신약에 열광해 막대한 이윤을 거둬들이고 있습니다. 주식이라는 것으로 매해 지분 비율에 따라 배당금을 가져가는데, 한 해 배당금으로만 100만 달러 넘게 거두고 있다 합니다. 차후에는 미국의 경제를 지배할 기업을 인수 혹은 설립하겠다고 합니다. 거상이 되어 조선을 지원하겠다고 합니다."

태양전지로 작동되는 장거리 무선통신기가 한양과 뉴욕에 1기씩 있었다. 위성을 통하지 않고 대기권 전리층을 활용하는 전파 송수신 통신기였다.

장성호의 대답을 듣고 이희가 기대감을 나타냈다. 그리고 조선에서 해야 할 일을 장성호에게 물었다.

"이제 과인이 어떻게 해야 하는가?"

그 물음에 미국으로 떠나기 전에 성한이 했던 말을 장성호가 기억해냈다.

'군부 개혁은 제 동생이 할 겁니다. 그리고 산업적인 지원은 제가 할 거예요. 물론 부장님도 조선의 발전을 위해 힘쓰시겠지만, 자력으로 강해지는 것보다 외부지원을 얻고 발전하는 것이 10배 이상 빠를 겁니다. 때문에 장기적인 것들을 준비해주시길 원해요. 특히 교육을 말이죠. 산업과 사회에 전반적인 영향을 끼치고 변화를 이룰 수 있는 교육을 손봐주세요. 상세한 계획은 이 책에 써뒀어요.'

성한이 줬던 책을 읽고 어떤 것을 해야 할지 명확히 계획을 세워놓았다.

그 계획을 이희에게 알려줬다.

"제도적인 부분에서는 이미 서양을 많이 따라가고 있습니다. 경무청이나 재판소 등이 그러합니다. 재판을 판사와 검사, 변호인으로 구성해서 피고의 죄를 입증하게끔 만든 것과 기존의 육조에서 내각으로 변화시킨 것이 그러합니다. 다만 과거제도를 폐지한 것에서 보완이 잘되지 않아 적절한 보완이 필요합니다."

"어떻게 하면 되겠는가?"

"각 부에서 추천인을 받아 시험을 치게 하는 것이 아니라 각 부에서 필요한 관리를 뽑고 검증할 수 있는 시험을 준비해야 합니다. 범법 기록이 있지 않는 이상 누구든지 시험을 칠 수 있게 하는 것입니다. 또한 필기를 필수로 두고, 실기 혹은 면접으로 관리가 되고자 하는 이의 생각과 마음을 살피셔야 합니다. 하지만 그런 것보다도 제일 중요한 것이 있습니다."

"그게 뭔가?"

"교육입니다. 백성을 지혜롭게 만들고, 산업을 증진시키고, 기술을 발전시키고, 부를 축적하고, 강한 군사력을 보유하는 것. 그 모든 것은 교육에서 나오는 것입니다. 따라서 100년 대계를 위해 교육대학교와 사범대학교를 설립하셔야 됩니다. 교육대학교에서는 만 6세 아이들부터 만 12세 어린이까지 교육하는 초등학교 교사를 육성해야 합니다. 사범대학교에서는 만 13세 아이들부터 만 18세 소년소녀들을 가르칠 수 있는 중학교, 고등학교 교사를 육성해야 합니다. 그리고 수업을 보조하는 적절한 교재 역시 필요합니다."

"오. 교육이란 말이지."

"하지만 그것이 끝이 아닙니다. 고등학교를 졸업한 아이들이 대학교에 가서 진정한 학문을 이루고, 꿈을 펼치고, 나라에 보탬이 되는 대업을 이룰 수 있어야 합니다. 공과대학교를 설립하셔서 각종 기계를 연구하고 개발할 수 있는 인재를 육성해야 합니다. 각 대학교마다 화학과를 두셔서 나라와 백성을 이롭게 하는 신물질을 개발해야 합니다. 또한 물리학과와 건설학과를 두시고, 의과대학교 설립으로 우수한 의사를 양성해야 합니다. 경제학과를 통해 돈의 흐름을 정확히 보는 인재를 육성하고, 경영학과를 통해 그저 돈만 만져보겠다 하는 상인을 철학이 있는 상인으로 바꿔야 합니다. 그리고 정치학과를 통해 이 나라에 참된 정치를 하는 인재를 육성해야 합니다. 교육이야말로 나라의 미래를 밝히는 궁극의 정책입니다."

이희가 숨죽인 상태로 장성호가 전하는 이야기를 가슴에 새겼다. 그리고 곁에 있던 이하응에게 물었다.

"어떻게 생각하십니까? 아버지?"

이하응이 고개를 끄덕이며 장성호의 이야기에 동의했다.

"그저 양이의 문물을 들이는 것으로 나라를 바꾸려는 것이 아니오. 특무대신이 이야기한 것은 진정한 자강이오. 흠잡을 수 없는 방도요. 그를 믿되 주상의 뜻대로 하시오."

이번에는 고개를 돌려 민자영에게 물었다.

“중전은 어찌 생각하오?”

대답을 들었다.

“신첩이 여태 생각해왔던 것보다 훨씬 낫다 여겨집니다. 이 나라의 어떤 개화파도 특무대신의 주장에 반박할 수 없을 겁니다. 특무대신의 주청대로 행하소서.”

이희가 고개를 끄덕이면서 세사람에게 말했다.

“과인에게 말한 대로 내각에서 행하라. 만약 누군가 반발하거나 반문하는 이가 있다면, 과인이 경들을 신뢰하고 경들에게 조치하라 어명을 내렸다고 하라. 누구도 이 나라를 일류국으로 바꾸는 일을 막지 못할 것이다.”

“성은이 망극하옵니다. 전하.”

이희는 든든한 바람막이가 되어주려고 했다. 그렇게 해서 조선 후손들과 함께 공생하려고 했다.

이희와 차 시간을 가진 세사람이 대궐에서 나왔다. 광화문 밖으로 나오면서 공기가 달라지는 것을 느꼈다. 한 여름인데도 시원함을 느꼈다.

“생각보다 지혜로우신 분입니다.”

성혁이 김인석과 장성호에게 말했다.

김인석이 고개를 끄덕이면서 그 말에 동의했다.

“맞아. 적어도 제국 창건 이후부터 을사조약이 일어나기 전까지는 그래도 희망을 품을 수 있을 정도로 많은 조치들

을 내리셨지. 컴퓨터로 확인해보니 절대 무능하신 분은 아니야. 이미 쓰러져 가는 나라를 다시 일으킬 수 있을 만큼의 능력이 안 됐을 뿐이지. 그 점이 안타까워."

장성호가 말했다.

"사람이 환경 탓을 하면 핑계라지만 틀린 말도 아닙니다. 변화를 요구하는 목소리가 정변을 일으키는 혁명이 될 수도 있고, 수시로 죽을 수 있다는 생각을 하게 되면 아무리 지혜로운 사람도 오판하기 십상입니다. 화평하기만 하면 바른 정치를 하실 분입니다."

"이제부터 우리가 잘해야 되네."

"예. 함장님. 우부총리대신으로서 많이 도와주십시오."

"알겠네."

그들은 각자의 위치에서 조선과 환웅함의 사람들을 위해 온 힘을 쏟으려고 했다.

광화문에서 가장 가까이에 위치한 관아는 특무관이었다. 관아에 들어가기 전, 장성호가 북적이는 육조거리를 한번 살피고 안으로 들어갔다. 비가 오면 진흙탕으로 변하는 길에 아스팔트와 콘크리트가 채워지고, 각종 차들이 달리는 것을 상상했다.

예견된 미래를 향해 시계의 시침을 빨리 돌리려고 했다.

후손들의 계획을 들은 이희가 협길당에 앉아서 커피를 마시다가 속 쓰림을 느꼈다.

"윽……."

"전하?"

민자영이 이희를 걱정했다. 이희는 손으로 명치 부근을 어루만지며 그녀에게 걱정하지 말라고 말했다.

"걱정하지 마시오. 그저 속 쓰림일 뿐이니."

"그래도 걱정됩니다. 어의에게 진찰을 명하심이……."

"어의라……."

이희가 대궐 밖에 있는 어의를 생각했다. 미국 공사관에서 외교 업무를 벌이는 알렌이 왕의 어의였다. 그에게 매달리면서 사사건건 의견을 구했던 일이 생각났다. 그러다 곧 그가 미국인이라는 것이 떠올랐고, 한걸음 물러서서 살펴야겠다는 생각이 들었다.

그럼에도 그는 왕의 어의였고 맡은 직책에 최선을 다했기에 알렌을 부르려고 했다.

그때 이하응이 이희에게 말했다.

"어의보다 뛰어난 의사가 있는 것을 아오."

"환웅함에 말씀입니까?"

"그렇소. 누구보다 뛰어난 의술로 죽을 사람도 살리는 명의가 있는데, 어찌 서양의에게 옥체를 살피게 한단 말이오? 환웅함의 의료팀장을 부르시오."

이하응의 이야기를 듣고 민자영도 동의를 밝혔다.

"신첩도 아버님 말씀이 옳다 여겨집니다. 후손들을 통해

옥체를 살피소서. 전하께서 최고로 믿으실 수 있는 아이들입니다."

언제나 반목하던 두사람이 한 목소리로 자신을 걱정하고 똑같은 주장을 했다. 그 모습을 보고 이미 속이 나은 것 같았다. 환하게 웃으면서 이희가 고개를 끄덕였다.

"그리하겠소."

협길당을 지키는 해병대 부소대장을 불렀다. 그리고 부소대장인 '우종현'에게 환웅함의 의료팀장을 불러달라고 요청을 했다. 그리고 장성호를 통해 궁궐 서쪽의 집에 살기 시작한 김신을 불러들였다.

양복 탓에 이미 큰 키가 훨씬 돋보이고 있었다. 둥근 안경 안에서 매서운 눈빛이 번뜩이고 있었다.

사람을 살리는 일에 있어선 저승으로 영혼을 끌고 가는 사자와도 싸워 이길 것 같은 기운을 뿜어내고 있었다.

그가 대궐에 입궐해 협길당으로 향했다. 이희에게 허리를 굽혀서 인사하고 방석이 깔린 자리에 무릎을 꿇고 앉았다. 김신을 보며 이희가 미소를 드러냈다.

"네 이름이 김신이더냐?"

"예. 전하."

"미래에서 온 의사들을 네가 이끌고 있다고 들었다. 의술이 천하제일이라던데 맞느냐?"

"책임자인 것은 맞습니다만 의술이 제일인지는 모르겠

습니다. 그저 힘닿는 데까지 사람을 치료하고 살릴 뿐입니다. 저보다 뛰어난 의사는 지천에 널려 있습니다."

형식적으로 하는 말이 아닌 진심 같았다. 딱딱한 표정 속에서 묻어나는 진짜배기에 이희는 더욱 흡족한 표정을 지었다.

그에게 모든 것을 맡겨도 되겠다는 생각이 들었다. 즉시 김신에게 자신이 겪는 불편함을 말했다.

"요즘 따라 아침에 일어나면 속 쓰림이 있다. 상복부 가슴 아래에서 통증이 일어나는데, 식사하면 괜찮고 속이 비면 다시 쓰려서 수라를 먹는다. 자주 수라상을 찾아서 나인들의 고생이 이만저만이 아니다. 혹, 짐의 속 쓰림을 알겠는가?"

김신이 시선을 돌리다가 커피 잔을 봤다. 그것을 보고 이희에게 대답했다.

"정확하게는 아니지만 대충은 알 것 같습니다."

"무엇인가?"

"우선 진찰 후에 말씀드리겠습니다. 전하의 옥체에 촉진을 해야 하는데 괜찮으시겠습니까?"

"괜찮다."

"잠시 성의를 벗고 누우시길 바랍니다."

"알겠다."

김신을 믿고 그가 하자는 대로 행했다. 비화를 위해서 이

희가 궁녀와 관리들을 들이지 않고, 직접 상감모를 벗고 곤룡포를 벗었다. 그리고 하얀 소복 상의를 벗고 병풍 앞 침상에 누웠다.

민자영과 이하응이 비켜나서 김신이 벌이는 치료를 살피기 시작했다. 이희 옆에 앉은 김신이 검지와 중지로 이희의 상복부를 누르기 시작했다.

그가 세게 누를 때마다 이희가 '흡'하면서 숨을 토해냈다. 촉진을 마치고 김신이 이희에게 말했다.

"옷을 입으셔도 됩니다."

"알겠다."

이희가 소복을 입으면서 김신에게 물었다.

"짐의 병명이 무엇인지 알겠나? 어찌하여 짐의 복부를 손으로 눌렀나?"

"최악인지 아닌지 확인하기 위해서였습니다."

"최악이라니?"

"보통 상복부가 쓰릴 때는 몇 가지 질병이 있을 때입니다. 한 가지는 위염, 한 가지는 위궤양 그리고 또 한 가지가 반위라 불리는 위암입니다. 위암의 경우 종양이 자라기에 촉진하면 상복부에서 종양 덩어리가 느껴질 수 있습니다. 그 종양 덩어리가 온 장기에 퍼지면, 심장도 박동을 멈추고 두뇌도 사고를 멈춰서 죽게 됩니다. 그래서 종양 덩어리가 있는지 없는지 확인한 것입니다."

"……."

이희의 표정이 얼어붙었다. 별일 아닐 것이라고 여겼다가 겁에 질리게 됐다. 그런 이희를 보면서 김신은 웃지도 긍휼히 보지도 않았다.

이희 대신 민자영이 물었다.

"허면, 전하께서 반위이신가?"

근심 가득한 물음에 김신이 대답했다.

"아닙니다. 그래서 다행으로 생각합니다. 남은 것은 위궤양과 위염인데, 이 병들은 반드시 치유될 수 있는 병입니다. 다만 약 처방뿐 아니라 전하께서 지켜주셔야 할 것들이 있습니다."

"그게 무엇인가?"

"속 쓰림이 사라질 때까지 커피를 드시면 안 됩니다. 입으로 음식을 드시면 흉부 중앙의 식도를 지나 상복부의 위로 들어가서 소화가 됩니다. 이때 위에서 나오는 소화액은 강철도 녹일 정도로 강산입니다. 오직 위벽의 점막만이 소화액을 견딜 수 있습니다. 그리고 커피는 소화액 분비를 유도하는 성질을 지녔습니다. 하루에 한잔 정도는 괜찮습니다. 하지만 여러 잔을 드시고 수시로 드시면 결국 위도 지쳐서 점막 분비를 그만두게 됩니다. 그런 때에 커피를 드시게 되면……."

"소화액이 나와서 위를 녹이겠군."

"정확히는 할퀸다는 표현이 맞을 것 같습니다. 그 느낌이 속 쓰림처럼 느껴지실 겁니다. 따라서 커피를 드시지 마시고 위 점막 생성에 도움이 되는 삶은 배추를 드시면 됩니다. 콩을 누룩에 발효시킨 된장도 위궤양과 위염 치료에 좋습니다."

이희가 이해할 수 있는 선에서 김신이 치료법을 설명했다. 그의 설명을 듣고 이희가 환하게 웃었다.

속 시원함을 느꼈다.

자식이 완치될 것을 믿으며 이하응이 김신에게 물었다.

"자네는 다른 양의와 다르게 주사기를 쓰지 않는군."

대답을 들었다.

"필요 없는 병에는 쓰지 않습니다. 그러나 필요할 때는 반드시 써야 합니다."

"예를 들면 어떤 병에 말인가?"

"마마라 불리는 천연두와 호열자로 불리는 콜레라입니다. 두 질병을 치료할 때는 어쩔 수 없이 주사기를 씁니다. 그 외에도 급한 치료일 때는 주사기뿐만 아니라 수술까지 동원합니다. 아닐 때에는 우리 몸의 치유를 믿습니다. 그것이 제가 배운 의술입니다."

양의학과 동양 의학이 섞여 있었다. 침술만 없다 뿐이지 사람을 살리기 위해서는 수단과 방법을 가리지 않는 사람이었다.

그런 김신을 두고 이희가 속으로 평가했다. 그리고 그가 있어야 할 곳을 알았다.

"따로 보살피는 병자가 있는가?"

"없습니다."

"자네를 따르는 다른 의사들은?"

"과거에 온 뒤로 여유롭게 지내고 있습니다. 하지만 본래 하던 일들이 있어서 그 일을 하지 못해 우울해하고 있습니다. 한양에서 사람들을 치료하길 원합니다."

자신의 생각과 같았다. 이희가 웃으면서 김신이 일할 수 있는 곳을 알려줬다.

"제중원을 아는가?"

"예. 전하."

"그곳에서 백성들을 치료하라. 또한 미래의 의술로 안련을 비롯한 서양 의원들에게서 의술을 배우는 생도들을 교육하라. 짐이 안련에게 말해두겠다."

"감사합니다, 전하. 성은이 망극하옵니다."

인생의 뜻이 사람을 살리는 것에 있는 자들이었다. 비록 돈을 벌기 위해서 바쁘게 살다가 그 뜻을 잊기도 하지만, 정작 사람을 살릴 수 없을 땐 누구보다 간절히 소망하고 기도하는 사람들이었다.

이희가 후손들에게 살 길을 열어주었다. 그리고 김신이 집으로 돌아갔다.

별채에 마련한 약방에 들어가 이희의 위장을 낫게 해줄 약을 제조해 부소대장 편으로 해서 보내줬다.

손톱 크기만 한 알약 몇 개를 손바닥 위에 올려놓고 보던 이희.

이내 알약을 입에 넣으면서 물을 마셨다.

그리고 제중원에서 교수를 겸하는 어의 안련을 불렀다. 그는 이희가 친구로 여기는 호러스 알렌이었다.

그가 왕의 부름을 받아 경복궁으로 향했다.

'갑자기 왜 나보고 오라가라야?'

인상 좋아 보이는 얼굴이 잔뜩 일그러져 있었다. 병원에서 식사를 하고 휴식하던 도중에 이희의 부름을 받았다. 속으로 화를 내면서 성큼성큼 걸어갔다.

비화가 풀리면서 궁녀와 관리들이 협길당을 드나들었다.

알렌은 민자영과 이하응이 각자의 처소로 돌아간 상태에서 자신을 불러들인 왕과 독대하게 됐다.

이희가 알렌에게 안부를 물었다.

"공사관과 제중원을 오가며 바쁘게 지내서 그런지 요즘 도통 어떻게 지내는지 알 수 없군. 잘 지내고 있는가?"

"예. 전하."

"바쁜 와중에 이리 불러서 미안하군. 다름이 아니라 자네에게 소개시켜주고픈 사람이 있다."

"그 사람이 누굽니까?"

"김신. 그리고 그를 따르는 사람들이다. 의술에 뛰어난 자들이니 그들을 제중원에서 써주길 바란다. 그들로 하여금 백성들을 치료하도록 하라."

안부를 묻는 것에 이어 내려진 어명에 알렌은 눈 하나 깜짝하지 않고 이희에게 말했다.

"김신이라는 사람은 들어본 적 없습니다. 분명 조선인일 텐데, 조선에서 제중원을 나오지 않고 뛰어난 의술을 익힌 의원이 있겠습니까? 그자가 누구인지 모르고 신뢰할 수도 없습니다. 전하의 어명이더라도 들어드리기가 쉽지 않습니다."

직설적으로 이희의 명을 거부했다. 그런 알렌의 대답을 이희는 이해했고 다시 그를 설득했다.

"그래도 써보라. 자네가 그로부터 의술을 배울 수도 있다."

알렌이 황당해했다.

'내가? 누구에게? 조선인에게 의술을 배운다고? 이 미개한 조선왕이 누구에게 감히……?!'

한숨을 쉬며 이희가 알렌에게 말했다.

"영 탐탁지 않으면 시험을 벌여보는 것이 어떠한가? 그의 의술이 마음에 들지 않으면 쓰지 않아도 된다. 이 나라 군왕인 과인의 말을 믿고 어명을 받들라."

"……."
"안련."
이희가 거듭 알렌을 설득했다. 그리고 왕의 부탁에 알렌이 완고한 자세를 보이다가 눈을 감았다. 이내 왕의 부탁을 받아들였다.
"시험해보고 마음에 안 들면 버리겠습니다."
"고맙다."
오래 걸리지 않는 용무를 끝내고 자리에서 일어났다. 알렌이 이희에게 허리를 굽히며 인사하고 나갔다. 그리고 속으로 투덜거렸다.
'아까운 시간이 날아갔어. 빌어먹을.'
이희는 그가 무슨 생각을 하는지 알지 못했다. 그저 알렌이 자신에게 스스럼없이 대하는 친구라고 생각했다. 세상의 어떤 사람도 자신을 상대로 그리 솔직하게 말할 수 없었다.
다음 날, 김신과 의원들이 제중원을 찾았다. 간호과장인 이동현과 간호사들도 양복을 입고 제중원에 와 알렌의 시험을 받을 준비를 했다.
알렌은 그들을 벌레를 보듯이 바라봤다.
받아들이기가 싫지만 병원의 소유주는 이희였다.
"자네가 김신인가?"
"예. 교수님."

“조선인 치고는 키가 매우 크군. 안경을 쓴 것이나 옷을 입은 것이나 조선인이 가질 외모는 아니군. 어디서 의술을 배웠나?”

“말씀드릴 수 없습니다.”

“뭐라고?”

“제가 어디에서 의술을 배웠는지는 전하께서만 아시면 됩니다. 저는 교수님께 실력을 보여드리겠습니다.”

“…….”

“절 시험하시겠다고 들었습니다.”

제중원에서 최고의 권위를 가진 교수였다. 그리고 왕의 친구로 불리면서 막강한 권력을 부릴 수 있는 명의였다.

그런 알렌을 상대로 김신이 무표정으로 담담하게 말했다.

그를 보며 알렌이 한쪽 입꼬리를 끌어당겼다.

‘실력을 보여주겠다? 조선인 따위가 건방지군.’

자신 있어 하는 김신의 모습이 마음에 들지 않았다. 그를 비웃으면서 의술을 시험하려고 할 때, 긴급한 환자가 제중원으로 실려 왔다.

수레에 자식을 싣고 온 아비가 병원 앞에서 울부짖고 있었다.

“살려주십시오! 의원 나으리!”

“아, 알겠습니다. 그러니…….”

"하나밖에 없는 제 아들이 성벽 위에서 떨어졌습니다! 제발 살려주세요! 살려만 주신다면 절 노비로 쓰셔도 됩니다…! 흐흐흑……!"

높은 곳을 좋아하는 아이들이 다 쓰러져가는 도성 성벽 위에서 자주 놀고는 했다.

이 아이 역시 그렇게 놀다가 떨어진 듯했다. 몸에 멍이 시퍼렇게 들어 있었고, 머리에서 피가 흘러내리고 있었다. 그리고 의식이 없었다.

제중원 의학당 생도를 붙잡고 아비가 울고 있었다.

그와 수레에 실려 있는 자식을 보고 알렌이 김신에게 물었다.

"저 아이를 살릴 수 있겠나?"

김신이 대답했다.

"열어봐야 알 것 같습니다."

"열어봐야 안다고?"

"얼마나 깨졌는지, 얼마나 찢어졌는지 확인해봐야 할 것 같습니다. 지금 바로 수술실로 옮겨야 합니다."

살릴 수 있다, 살릴 수 없다 같은 대답이 아니었다. 김신의 대답은 정확했고 알렌은 더 이상 뭐라고 할 수 없었다.

알렌은 울고불고 매달리는 아이의 아비에게 가서 치료비를 낼 수 있는지 물었다.

"치료비는 있소?"

"치… 치료비…? 없습니다……!"

"혹, 수레를 끌고 온 저 소가 댁의 소요?"

"예! 의원님!"

"저 소로 치료비를 대신하도록 하지. 아이를 치료해볼 테니, 어떤 결과가 나오더라도 우리에게 책임을 물어선 안 될 거요. 알겠소?"

"예! 제발 살려만 주십시오! 의원님!"

알렌은 의사와 생도들에게 지시를 내렸다.

"수술실로 옮기게."

"예! 교수님!"

머리카락과 피부의 색만 다를 뿐, 눈을 감고 그의 말을 들으면 영락없이 조선인이었다.

알렌의 유창한 조선말 때문에 생도들은 그를 이방인이라 여기지 않았다.

자신들의 스승이라 여기면서 그의 지시를 천명처럼 따르고 있었다.

수술대 위에 아이가 올려졌다. 수술실 밖에서 아이의 아비가 소리쳤다.

"수봉아! 수봉아! 살아야 한다!"

수술실 문이 닫히고 생도들이 눈을 크게 뜨며 알렌의 집도를 견학하려고 했다. 그런데 어째서인지 수술대 앞에서 알렌이 물러나 있었다.

그 대신 안경을 쓰고 키 큰 의원이 손을 씻고 들어와서 수술대 앞에 섰다.

'설마, 저 사람이……!'

알렌과 이야기를 나눴던 김신이 집도에 나섰다. 동시에 그와 함께 제중원에 왔던 의원 두명과 온몸이 근육으로 채워진 덩치 큰 남자가 들어왔다. 그는 이동현이었고 수술 간호사로 김신을 따라 들어왔다.

모두가 새얼굴이었고 복장 또한 특이한 복장이었다. 백의가 아닌 녹색 옷을 입고 수술하려고 했다. 그 모습이 알렌에게 기이하게 느껴졌다.

생도들이 그들에 대해서 궁금증을 가졌다.

'대체 뭐하는 사람들이지?'

'아까 전에 교수님께서 하시는 말을 들었을 땐 제중원에서 일하는 것처럼 들렸어.'

'조선인 중에 수술을 집도할 수 있는 의원이 있었나……?'

수술을 할 수 있는 사람들은 모두 서양 의사들이었다.

그들은 조선인이 수술을 집도하는 것은 10년도 이른 일이라 여기면서 황당해했다.

그리고 주변 분위기를 신경 쓰지 않고 김신이 양손을 들면서 알렌에게 말했다.

"시작하겠습니다."

"그렇게 하게."

수술을 시작하기 전에 수봉이라 불리는 아이가 다친 곳을 확인해야 했다. 엑스레이 같은 검사가 이뤄지지 않은 상태에서 직접 맥박과 호흡수, 혈압을 확인했다.

손으로 머리를 살며시 짚으면서 함몰된 곳이 있는지도 살폈다. 그리고 아이의 두개골이 골절되지 않고 멀쩡하다는 것을 알았다.

머리에서 흘러내리는 피는 그야말로 피부가 찢어져서 생긴 상처였다.

뇌진탕으로 의식을 잃었을 것이라고 생각했다.

목 위로 문제되는 곳이 없었기에 곧바로 상체를 살피기 시작했다. 그리고 문제가 되는 곳을 찾았다. 갈비뼈가 안쪽으로 꺾여서 장기를 찌르고 있었다.

오른 손바닥을 함께 온 후배 의사에게 보이자 그 위로 메스가 쥐어지고 곧바로 개복이 이뤄졌다.

피가 튀었고 2층에서 지켜보던 생도들이 각자의 생각으로 아이의 상태를 짐작했다.

'장기가 많이 상했어.'

'어떻게 된거야? 겉으로는 멀쩡하게 보였는데 안이 저렇게 되어 있었다니…….'

'맙소사…….'

알렌이 입꼬리를 올리면서 비웃었다.

'저 아이, 살기는 글렀군.'

수술을 보조하는 보조의가 뱃속을 보고 눈을 키웠다.

"어떻게 된 겁니까? 설마, 비장입니까?"

"아니. 비장은 아니야."

"그러면 대체……."

"비장보다 더 안 좋은 곳이지. 부러진 갈비뼈가 심장을 찔렀어. 심장에서 새어나온 피가 장기를 피범벅으로 만든 거야. 당장 수혈부터 해야겠어."

"혈액을 어디서 구합니까?"

"바로 옆에 있잖아."

"예?"

"이동현 말이야. 간호과장이 O형이야. 아이 혈액하고 섞어서 엉겨 붙는지 확인해봐."

"예! 팀장님!"

김신의 지시에 따라 보조의들이 움직였다. 생도에게 높은 침상을 준비해달라고 말했고 신속히 준비되면서 이동현의 누울 자리가 마련됐다.

졸지에 수술 간호사에서 수혈을 위한 헌혈자가 됐다. 동현이 침상 위에 눕고 그의 건강한 팔에 주사가 꽂혔다. 약간의 피를 채취해 아이의 피와 섞었을 때 저항 반응이 일어나는지 확인했다.

그리고 이상이 없자 곧바로 수혈을 시작했다. 그 모습을 보고 생도들이 놀라워했다.

'대체 뭘하는 거지……?'

'지금 피를 환자 몸에 주사하는 거야? 저 의원의 몸에서 뽑은 피를……?'

놀라기는 알렌도 마찬가지였다. 사람 몸에서 피를 뽑아 다른 이에게 수혈하는 것은 도박에 가까운 일이었다.

수혈된 피로 인해서 죽을 수도, 살 수도 있다는 보고가 세계 의학계에 있었다. 그리고 그 도박을 김신이 아무렇지 않게 벌였다.

수혈이 이뤄지는 상태에서 수술을 빨리 끝내야 했다.

"간호과장, 조금만 참게."

"예. 팀장님."

곧바로 톱으로 흉골을 잘랐다. 그리고 선택의 여지가 없다는 생각에 안쪽으로 꺾인 갈비뼈를 잡고 조심스럽게 빼내기 시작했다.

심장을 찌르고 있는 갈비뼈를 빼자 생각보다 온전한 형태의 심장이 모습을 드러냈다.

다행스럽게도 관통되지 않은 듯했다. 그러나 출혈이 멈추지 않았다.

"관상동맥이 조금 찢어졌어. 피가 고인 것은 이 때문이야. 그래도 이 정도면 봉합이 가능하니까 바늘하고 실을 줘. 세밀한 것으로."

"여기 있습니다."
"현미경이 없으니까 감각으로 봉합한다. 집중해야 되니까 다들 조용히 해. 그리고 2층에도 그렇게 해달라고 말해."
"알겠습니다."
"……."
보조의가 입 앞에 검지를 붙이면서 2층의 참관인들을 침묵시켰다.
직후 김신이 찢어진 관상동맥을 봉합하기 시작했다.
2층에 있던 생도들이 놀라면서 하마터면 침묵이 깨질 뻔했다.
여태 그런 수술 실력을 본 적이 없었다.
'빨라!'
'정확해!'
'대체 저분은 어디에서 의술을 배우신 거야?!'
알렌도 기막힌 표정으로 김신의 봉합을 지켜봤다.
현미경이 없는 상태에서 계속해서 동맥에서 피가 쏟아져 나왔다.
심장 박동이 잠깐 멈출 때마다 신속하고 세밀하게 바늘을 끼우면서 찢어진 혈관을 봉합했다. 그러자 더 이상 피가 새어나오지 않았다.
장기에 묻은 피를 닦아내고 달리 출혈이 일어나는 곳이

있는지부터 확인했다. 그리고 이상이 없는 것을 확인하고 부러진 갈비뼈를 바로 끼웠다. 톱으로 잘라냈던 흉골과 갈비뼈 일부 역시 제자리에 끼웠다.

수술을 견딘 아이의 흉부를 닫고 수술을 마저 마무리했다. 그리고 수혈을 마친 동현에게 작은 목소리로 말했다.

"나중에 몰래 항생제를 놓아."

"예. 팀장님."

환웅함에서 가지고 온 약 중에 수술 후에 쓰이는 항생제가 있었다. 그 항생제로 아이가 감염되는 것을 막으려고 했다.

수술을 마치고 수봉이라는 아이의 상태를 확인했다. 의식은 없었지만 혈압과 맥박이 정상이었다. 때문에 몇 시간 안으로 정신을 차릴 것이라 생각했다.

알렌이 김신을 내려다봤다. 마치 그 모습이 전쟁에서 승리한 지휘관의 모습이었다.

그는 지연의 스승이었다. 그리고 누구도 따라올 수 없는 수술 실력을 지니고 있었다.

정확한 판단과 과감한 결단으로 죽기 일보직전이었던 아이를 살렸다.

수술실에서 김신이 나오자 아이의 아버지가 와서 눈물을 쏟았다.

"어떻게 됐습니까…?! 나으리……?!"

김신이 아이의 상태를 담담하게 알려줬다.

"수술은 잘됐습니다. 부러진 갈비뼈가 심장에 상처를 입혔지만 관상동맥이 조금 손상된 것 빼고 큰 상처는 없었습니다. 그래서 봉합을 해서……."

"심장을… 다쳤다고요?"

"예. 하지만 수술이 잘되었습니다."

"세상에…! 수봉아…! 수봉아……!"

사람이 어떻게 생명을 유지하고 심장이 어떻게 움직이는지 알 리 만무했다.

그저 생명의 원천이라 여겼기에 자신의 자식이 이미 큰 일을 당해 살아남기가 힘들다고 생각했다.

그런 아이의 아비를 김신이 달랬고 아이가 숨 쉬고 있다는 사실을 알려줬다.

"깨어나기 힘들다면 가장 먼저 반응하는 게 맥박과 혈압입니다. 그런데 두 가지가 안정적이니 조만간 깨어날 겁니다."

"정말… 일어날 수 있는 것이죠? 나으리……?"

"예. 일어날 겁니다."

희망을 주고 아이를 병실로 옮겼다. 그리고 아이의 아비는 자식의 얼굴을 어루만지며 떨어질 줄 몰랐다. 그 모습을 보며 김신이 동현에게 말했다.

"혈압을 잘 체크해주게."

"예. 팀장님."

그리고 밤이 됐다. 아이 곁에서 의자에 앉은 아비가 졸고 있었다. 죽은 듯이 잠을 자던 아이가 눈을 떴다.

"아버지……."

"음? 수… 수봉아…?!"

아이가 깨어났고 병실의 환자들과 보호자들도 잠에서 깼다. 늦은 밤까지 아이와 아이의 아비를 보던 동현이 제중원을 살피던 김신에게 보고했다.

그리고 김신이 병실로 들어왔다. 깨어난 아이의 손을 잡고 아비가 울고 있었다.

그는 문 앞의 김신을 보고 곧바로 달려와서 손을 잡았다.

아이의 아비는 무릎을 꿇고 김신에게 고마움을 나타냈다.

"감사합니다! 감사합니다! 의원 나으리!"

우는 아이의 아비를 김신이 토닥였다. 그 모습을 제중원의 의사들과 병실의 환자들이 지켜봤다.

알렌 또한 병실 앞에서 김신과 아이의 아비를 지켜봤다.

그날부로 김신의 위명이 조선 의학계에 세워졌다.

다음 날 알렌이 대궐로 가서 이희를 만났다.

"김신이라는 자를 쓰겠습니다."

오만한 위인의 시험을 통과했다.

다음 날부터 김신과 의료팀에 속해 있던 의사들, 이동현과 간호사들이 제중원에서 일하기 시작했다.

누군가에게 찾아와야 할 죽음의 운명이 철저하게 깨지고 부서지기 시작했다.

역사를 일으키는 사람이 변화되고 있었다.

# 신조선책기 新朝鮮策記

자동차로 세상을 지배하라

"참사도 이런 참사가 없소! 조선에게 이리 굴욕적인 일을 당하다니! 마땅히 총리대신은 사퇴해야 할 것이오!"

"옳소!"

"총리대신은 사퇴하시오!"

"사퇴하라! 사퇴하라! 사퇴하라! 와아아~!"

동경 태정관 앞에서 하카타와 양복을 입은 관료들이 목소리를 높였다. 그들의 시위를 태정관의 관리들이 착잡한 시선으로 쳐다봤다. 그리고 가장 앞에 서 있는 사람을 2층 창문에 있던 이토히로부미가 내려다봤다.

"야마가타 아리토모… 오랜 동지가 이렇게 정적이 되는

군…….”

함께 일본을 일으킨 오랜 동지이자 동문이었다.

긴 얼굴에 키가 컸던 그는 일본인으로 보이기보단 서양인 같았다. 그리고 눈 양끝이 조금 말려 올라간 모습은 매우 고집스럽고 강경하게 보였다.

성정도 외모와 별반 다르지 않았다. 뼛속까지 무인이고 강경파인 위인이다. 그리고 함께 막부를 타도한 유신지사 우두머리 중 한사람이었기에 막대한 정치적 영향력을 지니고 있었다.

3대 총리직을 수행하기도 했던 야마가타가 이토를 상대로 화살을 조준했다. 그의 비난과 지지는 시간이 지날수록 높아질 수밖에 없었다.

결국 조선과의 패배에 대한 책임을 이토가 질 수밖에 없었다.

군주의 부름을 받고 황궁으로 향했다. 그리고 메이지 궁전에서 천황을 알현했다.

궁전은 유신 이전에 경도어소(京都御所)의 풍경을 간직한 채 서양식 가구와 의자가 배치되어 있었다. 긴 테이블이 알현실 중앙을 차지하고 있었다. 측편의 자리에 이토가 앉고 테이블 끝 상석에 제복을 입은 천황이 앉았다.

그의 이름은 '무쓰히토'였다.

일본 최초로 제복과 양복을 입은 군주가 이토에게 차를

권했다. 그의 명은 그야말로 신명(神命)이었다.

"들게."

"예. 폐하."

"살면서 짐이 이런 영광을 누릴 수 있을까 싶을 정도네. 모든게 경이 힘써준 덕분이지. 도쿠가와의 권력을 무너뜨리고 짐이 겨우 군주 역할을 할 수 있게 되었으니 말이야. 그것을 생각하면 참으로 고맙네. 허나 조선에서 짐의 백성들이 죽임을 당한 일은 너무나 가슴이 아프네."

"송구합니다……."

"그놈들에게 참으로 복수하고 싶은데, 상황이 여의치 않으니 참으로 답답하군. 그것을 경이 이뤄줬으면 하네만 다른 신하들의 목소리도 무시할 수 없으니 당분간 쉬도록 하게. 그리고 조선을 이기고 나면, 그때 총리가 되어 짐을 도와주게. 그동안 참으로 수고했네. 그리고 미안하네."

무쓰히토가 이토에게 고마움과 미안함을 나타냈다. 이토는 차분히 찻잔을 내리고 자리에서 일어나 허리를 굽혔다.

무쓰히토에게 인사를 올리고 총리로서의 임기를 마무리 지었다. 메이지 궁전에서 나올 때 착잡한 기분이 들었다. 그때 똑같이 부름을 받고 입궁하는 야마가타와 마주치게 됐다.

"야마가타……."

"총리대신."

씁쓸한 미소를 띠며 야마가타에게 다가섰다.

"천황 폐하께서 부르셨소?"

"그렇소. 총리대신."

"총리대신이라 말하지 마시오. 더 이상 총리가 아니니. 그나저나 이제 내가 사퇴했으니 공이 나 대신 총리가 되겠군."

"그건 모르오. 나보다 뛰어난 인재는 많으니까."

"누가 총리가 되건 나는 일본을 위해서 그의 승리를 기원할 것이오. 설령 태정관 앞에서 시위를 일으킨 야마가타 공이라 하더라도 말이오. 다만 신임 총리에게 말하고 싶은 것은 조선에 갑자기 나타난 천군이라 불리는 무리들을 경계해야 된다는 것이오. 그들이 어디에서 나온 자들인지, 어떤 능력을 가지고 있는지, 그 수는 또 얼마나 되는지, 하나도 빠짐없이 파악해야 된다는 거요. 최근에 그 무리 중 몇 사람이 조선 정부에 출사했소. 그들을 주목하시오."

"알겠소."

"당분간 집에서 쉬어야 할 것 같소. 수고하시오."

"고생했소. 이토 공."

야마가타를 비롯한 새로운 내각에 모든 것을 맡겼다.

이토는 메이지 궁전에서 나가자 어깨가 가벼워지는 것을 느꼈다.

크게 숨을 몰아쉬고 지팡이를 짚으며 마차 위에 올라탔다. 그리고 집으로 가서 그동안 후원 연못의 잉어에게 주지 못했던 밥을 뿌렸다. 수면에서 뻐끔거리는 잉어들이 이토가 주는 밥을 먹으며 헤엄쳤다.

이토의 후임으로 야마가타가 선출됐다. 그는 무쓰히토로부터 임명장을 받고 태정관으로 향하는 마차 위에 올라탔다. 그가 거리를 지날 때 도쿄 시민들이 나와 함성을 질렀다.

"야마가타 총리! 천세!"

"총리대신께서 건방진 조선놈들에게 복수해주실 거야!"

"와아아아아~!"

이미 일본의 잘못이 조선의 죄로 둔갑해 있었다. 일본 위정자들의 언론 통제로 일본 국민들은 복수심에 빠져 허우적거리고 있었다.

태정관 총리 집무실 의자에 야마가타가 앉았다. 그는 제일 먼저 조선을 잘 알고 있는 이노우에를 불렀다.

전임 조선주재 공사였던 이노우에가 야마가타의 부름을 받고 집무실에 들어왔다. 야마가타가 그에게 천군에 대한 것을 물었다.

"우리 신민을 살해하고 황군을 기습했던 천군이 적 정부 전면에 나섰다고 들었소. 맞소?"

"맞소."

"관직을 받은 이는 어떤 자들이오?"

야마가타의 물음에 이노우에가 대답했다.

"우부총리에 김인석, 군부협판에 유성혁 그리고 새로 특무대신이 된 장성호가 주요 인물이오. 그 외에 자세히 파악되지는 않았지만 많은 인물들이 있는 것으로 아오."

"특무대신이라… 부총리와 군부협판은 알겠는데, 특무대신이라는 관직은 대체 어떤 관직이오?"

"조선의 모든 부에 관여할 수 있는 직책인 것으로 아오."

"장성호 그자가 실세겠군."

"그렇게 생각하지만 한명 더 있소."

"그가 누구요?"

"유성한이라는 자요. 유성혁이라는 자의 형으로 알고 있소. 그는 조선에 있지 않고 도미한 것으로 파악했소. 그를 추적해야 하오. 미국에서 무슨 일을 벌이는지 알아내야 하오. 그렇지 않으면 작년 같은 일이 다시 벌어질 수 있소. 수면 위에서 움직이는 것보다 아래가 더 위험한 법이오."

이노우에의 이야기를 듣고 야마가타가 고개를 끄덕였다. 어쩌면 실권을 가진 장성호보다 미국으로 향한 성한이 보이지 않는 위험일 수 있다 생각했다.

그가 이노우에에게 청했다.

"유성한 그자를 추적해야겠소. 이노우에 공이 힘써주시오. 이제부터 조선에 관해서는 해외까지 포함해서 어떠한

것도 놓쳐선 안 될 것이오."

"알겠소."

일본이 가진 모든 첩보력을 동원하려 했다. 미국으로 향한 성한의 뒷조사까지 해서 일본을 앞질러가는 조선의 모든 다리를 끊으려고 했다.

이토의 마수가 바다 건너에서 오는 동안, 성한은 '해리 존스'라는 가명으로 자신이 남긴 발자국을 지워나갔다.

그는 새로운 사업을 벌이기 위해 기차를 타고 먼 곳으로 향했다.

만약을 위해 한명의 의사가 필요했기에 수행 의사와 그들을 경호하기 위한 네명의 해병대 대원이 성한과 함께했다.

성한을 수행하는 의사는 당연히 지연일 수밖에 없었다. 그리고 심유정과 정두현이 다시 한번 더 두사람을 경호하고, 조장혁과 안성민이라는 대원이 새로 경호에 힘을 보탰다.

흔들리는 창문 밖을 보면서 지연이 성한에게 물었다.

"디트로이트까지 얼마나 걸린다고?"

"이틀."

"이틀동안 이 좁은 방에 있어야 하는 거야?"

"그래. 그러니까 그렇게 인상 쓰지마. 나름 비싼 객실이니까. 이보다 좋은 열차는 50년이 지나도 보기 힘들어. 최소한 마차를 타는 것보다 나을 거야."

"알겠어."

여러 사람과 뒤섞여서 타는 객차가 아닌 4명씩 객실을 택해서 탈 수 있는 특별 객차였다. 그리고 두 객실을 6명이서 널찍하게 앉았다.

성한과 지연과 심유정이 한 객실을 썼고, 정두현과 조장혁과 안성민이 옆의 객실을 이용했다. 최대한 백인들의 무시를 덜 받기 위해 하나같이 양복을 입은 상태였다.

앉아서 신문을 읽던 성한이 몸을 일으키고 객실의 문을 열었다.

"어디 가는 거야?"

지연의 물음에 성한이 대답했다.

"화장실. 잠깐 다녀올게."

끼익 소리와 함께 문이 열렸다. 객실 밖으로 나간 성한이 특별 객차의 복도를 걸으며 끝에 위치한 화장실로 향했다. 그리고 지연은 19세기 미국의 풍경을 담은 창 너머의 세상을 감상했다.

밀밭이 끝없이 이어져 있었다.

광활한 미국 평원을 감상하던 중, 함께 객실을 쓰는 심유정이 말을 걸었다. 성한과의 관계에 대해서 물었다.

"사이가 많이 나쁘신가요?"

"누가?"

"그야, 유과장님 하고요. 제가 볼 때 사이가 나쁜 것 같아서……."

자신과 성한과의 관계를 걱정하는 유정의 말에 지연이 덤덤한 모습을 보였다. 그리고 그와 사이가 나쁘지 않다고 말했다.

"나쁘지 않아. 그저 너무 친하다보니까 여느 집 남매 같아졌지. 나이야 뭐, 동갑이지만……."

"……."

"오래 사귀다가 헤어질 땐 보통 그런 이유야."

벌써 미국에서 함께 지낸지 1년이 넘었다. 그리고 유정과 함께한지도 몇 달에 이르러 여동생과 언니 같은 사이가 되었다. 지연이 유정에게 성한을 어떻게 생각하고 있는지에 대해서 말했다. 설렘은 이제 그다지 느껴지지 않았다.

그렇게 생각했다.

그때 문 쪽에서 영어가 들려왔다.

"휘유~ 이게 누구야?"

"동양 아가씨들인데? 두사람이서 백인인 척하고 여행 중인가?"

백인 남자들이 문을 열고 들어왔다. 아무래도 성한이 문을 제대로 닫지 않고 나가서 복도를 지나다 두사람을 본 듯했다.

지연은 둘을 희롱하는 남자들에게 밖으로 나가라고 말했

다.

“관심 끄고 나가. 너희들이 그렇게나 미개하다 여기는 동양 여자들이잖아. 상대할 가치가 없을 테니 나가.”

“미개하긴. 그런 것은 못생긴 여자들에게나 하는 말이야. 영어가 이렇게 유창한 동양 여자는 우리가 놀아줄 용의가 있어. 어차피 긴 시간동안 할것도 없잖아. 옆으로 당겨서 앉아봐.”

“짜증나게 하네… 진짜…….”

안으로 들어온 백인 중 하나가 질척이면서 지연의 옆에 앉으려고 했다. 그때 누군가 그의 어깨와 팔을 붙들었다. 고개를 돌리자 막 화장실에서 돌아온 성한이 있었다.

“뭐냐? 네놈은?”

“……?”

“여기가 네놈 객실이냐? 당장 나가!”

성한이 어깨와 팔을 잡아당기자 그에게 붙들렸던 백인이 팔을 뿌리쳤다. 그리고 지연에게 말했다.

“저딴 원숭이를 애인이라고 두다니. 차라리 내 애인으로 함께 미국을 돌아다니는 게 어때? 저놈과 같이 다니는 것보단 유익할거야. 백인이 얼마나 뛰어난 인종인지 보여주지.”

지연과 유정을 노리개로 삼으려고 했다. 그때 성한이 백인의 팔을 다시 강하게 끌어당겼다. 지연에게 추파를 던지

던 백인이 발끈하며 주먹을 날렸다.

"이놈이 감히!"

퍽!

"크윽……!"

성한이 잽싸게 피하면서 객실 벽과 백인의 주먹이 맞부딪혔다. 주먹을 휘두른 백인이 고통스러워 할 때, 성한이 기회를 놓치지 않고 주먹을 날렸다.

"내 여자에게 치근덕거리지 말고 꺼져, 개자식아!"

퍽!

"큭! 이 원숭이 놈이 죽으려고! 이익!"

코피가 터진 백인이 성한에게 달려들었다. 그리고 다른 백인도 덩달아 달려들면서 지연이 있던 객실과 복도가 크게 시끄러워졌다.

유정이 몸을 날려서 두 백인 중 한사람의 팔을 뒤젖혔다. 그리고 양팔을 십자로 만들고 그의 목을 졸랐다.

"이익…! 으그극……!"

"흡!"

백인이 정신을 잃을 때까지 목을 졸랐다. 그사이 지연을 희롱했던 백인과 성한이 몸싸움을 일으키다 떨어지면서 대치 상태가 됐다. 서로를 노려보다가 백인이 품에서 흉기를 꺼내들었다. 성한을 단도로 크게 위협했다.

"여긴 미국이다. 네놈을 죽여도 처벌받지 않아! 죽어!"

퍽!

"크!"

백인이 성한의 심장을 향해서 단도를 내질렀다. 그때 문이 덜컥 열리면서 누군가 백인의 팔을 쳤다. 백인의 손에서 단도가 떨어졌다.

옆 객실에 있던 정두현이었다. 그는 백인의 팔을 잡고 업어치기로 바닥에 머리를 심었다.

'쿵!'하는 소리와 함께 백인이 고통스러워했다. 그리고 그대로 그의 옆구리와 어깨 쪽으로 해병대 대원들이 발길질을 가했다. 몹쓸 짓을 벌이던 두 백인에게 몰매를 가하던 중, 특별 객차로 들어온 경찰들이 호각을 불렀다. 그러자 대원들이 발길질을 멈췄다.

"무슨 일이오?! 열차 안에서 싸움이라니?!"

경찰들이 쓰러진 백인들 그리고 성한과 대원들을 보면서 언성을 높였다.

성한을 우습게 여기다가 호되게 당한 백인이 자신의 결백함을 주장하면서 모함했다.

"저 미개한 놈들이 갑자기 공격했습니다…! 처벌해주십시오! 으윽… 팔이야……!"

지연이 백인의 행동을 보고 분개했다. 즉시 경관들에게 그들이 먼저 공격했고, 자신을 상대로 희롱한 사실을 말하려고 했다. 그때 성한이 숨을 고르고 차분한 말투로 백인들의 잘못을 알렸다.

"잠시 화장실을 가려고 객실을 비운 사이에 이들이 들어와서 난동을 부렸습니다. 칼이 저 사람의 품에서 나왔습니다."

"개소리를!"

거짓말하는 백인의 외침을 무시하고, 성한이 경찰의 손을 잡으며 미소를 지었다.

"사업차 디트로이트에 가고 있습니다. 잘 부탁드립니다. 경관님."

툭툭.

"음……?!"

손에 뭔가 쥐어졌다. 손에 쥐어진 것을 다름 아닌 1달러 20장이었다. 경관은 소란에 고개를 내민 다른 객실 승객들이 볼까 잽싸게 주머니에 넣고 모른 척을 했다. 그리고 마음이 단번에 성한에게로 기울었다. 인종이고 뭐고 생각나지 않았다. 그저 뇌물을 바치지 않은 사람들이 나쁜 사람이었다.

"체포해!"

"예! 반장님!"

"자, 잠깐?! 어째서 우리들을 체포합니까?! 경관님?!"

체포된 백인들이 발버둥질했다. 하지만 이내 소용없다는 것을 깨닫고 디트로이트로 향하는 열차 꼬리 칸으로 순

순히 끌려갔다. 그리고 성한에게 뇌물을 받은 경관이 따스한 미소를 지었다.

"어느 나라에서 왔소? 일본? 중국?"

"조선입니다."

"처음 듣는군."

"고려라 하면 아실 겁니다."

"아! 고려! 그래도 모르겠소. 하지만 그 사업이라는 것이 잘 성취될 수 있도록 기도하겠소. 불편한 것이 있으면 언제든지 말하시오."

"예. 감사합니다."

죄인들을 처리한 경관이 다른 객실 사람들에게 안심해도 된다고 말했다. 그러자 특별 객차의 승객들이 조금 투덜거리면서 안으로 들어갔다. 온전히 성한과 해병대 대원들을 향한 투덜거림이었다.

부분대장으로 최선임인 심유정이 세명의 대원을 타박했다.

"너무 늦었어. 좀 더 빨리 나왔어야지."

"죄송합니다."

"다시는 늦지마."

"예……."

그리고 성한과 함께 객실로 들어갔다. 지연이 안에서 두 사람을 기다리고 있었다. 지연은 싸움으로 상처 난 성한의

얼굴이 신경 쓰였다. 성한의 눈 아래와 입가가 부어 있었다.

"못났어. 기왕 싸울 거면 멋있게 이겨주지."

"시끄러워. 누굴 지키려고 싸웠는데… 그렇게 말하기야?"

"누굴 지켜주려 했는지 잘 알지. 그러니 옆에 앉아. 상처를 봐줄 테니까. 그리고 다음에는 절대 다치지 마."

"……."

"대답은?"

"알았어……."

다치지 않겠다는 성한의 대답을 듣고 구급낭을 내렸다. 그리고 거기서 소독약과 연고를 꺼내 입가와 눈 아래에 생긴 상처를 치료했다.

그 모습을 심유정이 앉아서 지켜봤다. 두사람의 모습은 연인의 모습이었다.

아니. 오랫동안 함께해온 부부의 모습이었다. 설렘이 없다면 그저 서로를 아끼는 마음으로 살았으면 좋겠다는 생각을 했다.

그리고 지연이 부러웠다.

그렇게 열차에서 작은 소동을 일으키고 디트로이트에 도착했다. 그들은 가장 좋은 호텔에서 숙박하며 휴식했다. 그리고 하룻밤을 묵은 뒤, 자동차 회사를 경영하기 위한 사업가를 찾아 나서기 시작했다.

서재필과 마찬가지로 성한이 소유한 회사를 대신 경영해 줄 수 있는 이가 필요했다.

마차를 타고 디트로이트 시내를 달렸다. 그리고 그린필드 타운쉽이라는 곳에 도착했다.

질 좋은 목재로 만들어진 집 앞에서 성한이 문을 두드렸다.

똑똑.

"반응이 없는데? 한번 더 두드릴까?"

성한이 지연에게 슬쩍 말하고 다시 문을 두드리려고 했다. 그때 뒤에서 인기척 소리가 났다.

문을 두드리지 않고 돌아서자 작업복을 한 사람이 성한과 지연을 비롯한 대원들을 보고 있었다. 그가 성한에게 무슨 일인지 물었다.

"무슨 일이오? 어째서 내 집 앞에서 서성이고 있소?"

"헨리 포드씨입니까?"

"그렇소만?"

"반갑습니다. 해리 존스라고 합니다. 이쪽은 저와 함께 하는 수행원들입니다. 자동차 생산 투자를 원하신다는 소문을 듣고 이렇게 찾아뵈었습니다."

"……."

"혹, 투자에 관해서 이야기를 나눌 수 있겠습니까?"

왜소한 체격이었지만 눈이 크고 이목구비가 훤한 사람이었다.

성한이 자신을 보러 왔다는 이야기에 포드는 미간을 잔뜩 찌푸리고 그와 함께 온 사람들의 행색을 확인했다.

모두가 원단이 고급스러운 양복을 입고 있었다. 그리고 안지연이라는 여인과 수행원 사이에 선 여자는 키가 상당히 크고 누가 봐도 미인이었다. 그러나 화장 안에서 드러나는 피부색과 눈동자색은 두 여인이 통상적인 미국 여인과 다르다는 것을 나타내고 있었다.

포드의 집을 방문한 여섯사람 모두 동양인이었다. 보통의 미국인이 아니었기에 포드는 경계심을 가졌다.

그는 무심한 말투로 성한을 응대했다.

"동양인 따위가 자동차 생산하는 데에 투자하겠다고?"

"예. 그렇습니다."

"농담도 정도가 있지. 웃기는군. 나름 좋은 옷을 입은 것처럼 보이지만 좋은 말로 할 때 가시오. 가난한 동양인이 누굴 돕겠다는 것이오?"

"돈은 많습니다. 포드씨를 도울 수 있을 만큼."

"개소리를……."

포드는 더 이상 상대하고 싶지 않다는 듯 성한을 흘기고 지나갔다. 그리고 문을 열기 위해서 주머니에서 열쇠를 꺼냈다.

그때 성한이 품에 있던 금괴를 꺼내서 보여줬다.

"뭐요? 이것은?"

"금괴입니다."

"금괴?"

"미국 정부에서 인증한 금괴입니다. 그리고 이 금괴가 가방 안에 가득 담겨 있습니다. 여기서 임의로 고르신 다음 금 거래소에 가져가 확인해보십시오."

성한이 포드를 지원할 수 있는 능력을 증명하려고 했다. 대원이 가져온 가방 안에 금괴가 가득 담겨 있었다. 그것을 보고 포드의 눈동자가 흔들렸다. 가방 안에서 금괴 하나를 꺼내들며 성한과 대원들의 눈치를 살폈다. 그리고 확인해보겠다고 말했다.

"이 금괴가 진짜인지 확인해보고 오겠소. 그때까지 기다리시오."

"알겠습니다."

작업복 앞주머니에 금괴를 넣은 포드가 가까운 은행으로 향했다. 그가 돌아올 때까지 성한과 대원들은 그의 집 앞에 서서 기다렸다. 지연은 현관문 옆 의자에 앉아 다리를 두드리며 피로를 풀었다.

은행에서 포드가 금괴를 검사했고, 은행 직원으로부터 문제없다는 이야기를 들었다.

"순금에 정부 인증까지 확실합니다. 아무 문제없습니

다."

"……."

"금을 파시겠습니까?"

"아니오. 팔지 않을 것이오. 고맙소."

포드는 금괴를 돌려받고 바쁜 걸음으로 집으로 향했다. 그리고 성한을 다시 만났다. 그에게 정체가 누구인지 물었다.

"당신은 대체 누구요?"

미소와 함께 성한이 대답했다.

"이미 말씀드렸습니다. 해리 존스가 제 이름입니다."

"존스……?"

"필립제이슨사의 대주주로 아시면 될 것 같습니다."

"……?!"

필립제이슨사의 대주주라는 이야기를 듣고 포드가 눈을 크게 키웠다. 포드는 신문을 통해 필립 제이슨이 누구인지 알고 있었다. 그는 동양인이었고, 성한도 마찬가지로 동양인이었다. 그래서 신뢰감이 급격히 높아졌다.

그는 마지막으로 대주주로서의 증명을 원했다.

"대주주라면 응당 주식을 가지고 있겠지. 가지고 있소?"

"있습니다."

"보여주시오."

"여기 있습니다. 이것이 필립제이슨사의 주식입니다."

또 하나의 가방이 모습을 드러냈다. 그 안에 뉴욕거래소에서 발행된 필립제이슨의 주식 천 장이 담겨 있었다.

시세가로 치면 10만 달러가 넘었다. 그것을 보고 성한이 진정한 대주주라는 것을 알게 됐다. 포드는 그에 대한 경계심을 낮췄다.

"정말인가보군."

"진짜입니다."

"필립제이슨사의 제이슨 사장이 대주주인 줄 알았는데 아닌가봅니다."

"그가 두번째, 제가 첫번째입니다. 그리고 이 사실은 비밀입니다. 비밀을 지켜주시지 않으면 투자해드릴 수 없습니다."

"좋습니다. 안으로 들어오시오. 집이 엉망이라서 안으로 들이기 뭣하지만 밖에 서 있는 것보다는 나을 겁니다."

"감사합니다. 포드씨."

포드는 성한을 집 안에 들이기로 했다. 열쇠로 현관문을 열었고, 안으로 들어가서 거실의 소파를 물에 적신 천으로 닦았다. 그리고 그 위에 성한과 지연 등이 앉았다.

포드가 차를 준비해서 거실로 오자 현관문이 열리면서 한 여인이 안으로 들어왔다. 그녀는 '클라라 제인 포드'였다.

"여보. 이분들은 누구예요?"

갑자기 집에 와 있는 손님에 클라라가 놀랐다.

"날 도와주실 분들이야. 일단 방에 가 있어."

"……."

한손에 과일이 담긴 종이가방이 있었다. 그리고 다른 손에는 허리 높이도 안 되는 키의 아이가 손을 꼭 잡고 있었다. 성한은 그 아이가 포드의 아이라는 것을 알고 있었따.

'에셀 포드구나. 아버지를 닮았지만 전혀 다른 생각을 가진 사람이 될거야.'

대를 잇는 경영자가 될 거라고 생각했다. 그리고 클라라와 에셀이 안방으로 들어갔다. 성한은 거실을 훑으며 포드에게 물었다.

"혹시 자동차 설계도나 실제로 만든 것이 있습니까? 투자자로서 직접 봐야 할 것 같습니다."

견본을 보여주는 것은 노하우를 보여주는 것일 수도 있다. 다소 경계해야 했지만 이미 성한이 필립제이슨사의 대주주라는 것을 확인한 상태였다. 포드가 자리에서 일어나며 말했다.

"이쪽으로 오십시오. 보여드리겠습니다."

뒤뜰로 성한을 안내했다. 그리고 지연과 대원들이 두사람의 뒤를 따랐다. 뒤뜰에 포드가 시험으로 만든 자동차가 있었다. 지연이 차를 보면서 성한에게 수군거렸다.

"이게 차야?"

"그래."

"비가 오면 완전히 다 젖겠는데?"

"이 시대에 그런 편의 같은 것은 생각하지 않았으니까. 그저 움직이기만 해도 대단한 발명이야. 이제 이걸 사람들이 원하는 상품으로 만들어야 해."

바퀴 네개가 있었다. 그리고 머리 받침대조차 없는 완전히 노출된 좌석과 출력을 조절하는 레버가 있었다. 포드가 자동차 위에 올라 다이얼을 돌리자 시동이 걸렸다.

부릉! 털털털~

"오오……!"

대원들이 감탄했다. 그들은 그토록 고물처럼 보이는 자동차에 시동이 걸렸다는 사실이 감탄스러웠다. 포드는 그 탄성이 자동차를 처음 보는 동양인의 탄성이라고 생각했지만 말이다.

포드는 한껏 어깨를 으쓱하며 핸드 브레이크를 풀었다. 그리고 클러치 페달을 떼고 차를 조금씩 움직였다. 핸들을 돌리면서 조금 꺾이는지 확인하고 차를 멈춰 세웠다. 그러자 대원들이 박수를 쳤고 포드는 의기양양하게 뒤뜰의 잔디를 밟았다.

그리고 목에 힘을 주면서 성한에게 말했다.

"어떻습니까? 이것이 가솔린으로 움직이는 자동차입니다."

성한이 미소를 드러내며 포드를 칭찬했다.

"참으로 잘 만들어진 것 같습니다. 아쉬운 점이 있다면 뒤뜰이 좁아서 더 잘 달리는지 확인하지 못한 것이 되겠군요."

"길가로 나가면 어지간한 마차보다 빨리 달릴 수 있습니다."

"그럴 거라 생각합니다. 하지만 차를 사고 싶어 하는 사람들의 마음을 훔칠 수 있을지는 의문입니다. 이 차로는 역부족입니다."

일부러 포드의 마음을 긁었다. 지연이 성한의 옆구리를 찌르면서 잘되어가는 일에 왜 초를 치냐는 식으로 반응했다. 그리고 성한이 한국말로 괜찮다고 말했다.

자존심에 생채기를 입은 포드가 차를 한번 살핀 뒤 성한에게 자신 있게 말했다.

"이것은 시험으로 만든 겁니다. 공장을 차려서 만들 때는 더 좋게 만들 겁니다."

"어떻게 말입니까?"

"우선 지붕이 있어야겠죠. 그래야 비를 피할 수 있습니다. 그리고 바퀴에 완충 장치를 달 겁니다. 그러면 울퉁불퉁한 길에서도 차체가 견딜 수 있습니다. 지금은 나무 바퀴지만 차후에 다른 바퀴로 바꿀 겁니다."

포드의 이야기를 듣고 성한이 고개를 끄덕였다. 그리고

좌석을 가리키면서 그가 생각하지 못한 점들을 말했다. 성한이 하는 이야기를 포드가 귀담아들었다.

"목 받침대가 있으면 좋겠습니다. 만약 뒤에서 다른 차가 세게 박는다면 목이 뒤로 꺾일 수 있습니다. 그러면 당연히 타고 있는 사람은 치명상을 입거나 죽겠죠. 그리고 반대로 저 차가 다른 차를 박았을 때……."

"앞으로 튕겨 나가겠군요."

"맞습니다. 그래서 안전띠가 있었으면 좋겠습니다. 한 가족이 탈 수 있게 4인에서 5인이 탈 수 있는 차가 되있으면 합니다. 또 짐을 실을 수 있는 칸이 따로 있다면, 차를 사는 가족은 그 차로 여행을 다니며 더 큰 행복을 누릴 겁니다. 이에 대해서는 어떻게 생각합니까?"

"……."

성한의 이야기에 포드가 할 말을 잃었다. 그는 그저 사람이 탈 수 있는 차만 생각했지, 그 차로 어떻게 사는지에 대해서는 생각하지 않았다.

자신감이 조금 꺾인 목소리로 성한에게 대답했다.

"찬성합니다. 세상에 그런 차가 있다면 누구라도 가지고 싶어 할 겁니다."

"그래서 중요한 것이 있습니다."

"무엇입니까?"

"5퍼센트의 사람들을 위한 차가 아닌 95퍼센트의 사람들을 위한 차를 만드는 겁니다. 갖출 것은 다 갖추되 최대한 싸게 만들어서 최대한 많이 파는 겁니다. 헨리 포드라는 이름을 이 세상에 영원히 남깁시다."

"……!"

한번도 이름을 남기겠다는 생각을 하지 않았다. 성한의 이야기를 듣고 포드는 가슴이 격하게 뛰는 것을 느꼈다. 그에게 한 말은 모두 20년 뒤에 포드가 할 말들이었다.

'당신이 했던 말입니다. 그리고 바뀐 미래에서도 지켜져야 할 가치입니다. 새로운 포드사도 공익을 추구하고 사회에 봉사하는 회사가 될 겁니다.'

성한이 포드의 미래를 기대했다. 그리고 포드는 성한이 하는 말을 듣고 감격을 느꼈다. 그의 어깨를 두드리고 차 앞으로 온 성한이 물었다.

"엔진은 여기에 있습니까?"

"예. 존스씨……."

"열어봐주시겠습니까? 한번 보고 싶습니다."

성한이 엔진룸을 보고 싶어 했다. 포드가 보닛을 들어 성한과 그를 따르는 수행원들에게 19세기에 제작된 자동차의 엔진이 어떤 모양인지 보여줬다.

다소 차이가 있었지만 형태가 크게 다르지 않은 엔진이 모습을 드러냈다. 그리고 성한의 시선이 엔진룸 곳곳을 찔렀다.

"변속기가 없군요."

"장착하고 싶었지만 돈이 부족했습니다."

"그 문제는 제가 해결해드리겠습니다. 그리고 함께 자동차를 만들어서 팝시다. 저는 기술과 투자를 맡고, 포드씨는 기술과 경영을 맡아주십시오. 이제부터 제가 투자자입니다."

"알겠습니다. 감사합니다. 존스씨."

벅찬 가슴을 안고 악수를 했다. 자동차에 조예가 깊고 자신을 도울 수 있는 성한을 투자자로 인정했다. 그리고 성한은 포드를 통해서 세상에 유례없는 대업을 이루려고 했다.

포드의 집에서 나올 때, 지연이 성한에게 따라붙으면서 물었다.

"자동차를 원래 그렇게 잘 알고 있었어?"

"아니."

"그러면?"

"당연히 공부했지. 20세기와 21세기 자동차를 공부하느라 고생했어. 그동안 책상 앞에 있었던 게 바로 그 이유야. 장사를 하려면 역시 공부를 해야 해."

그저 미래의 경험만 믿고 사업을 벌인게 아니었다.

열흘 뒤, 디트로이트 시내 작은 건물에 간판이 걸렸다. 간판은 '포드 모터스'라는 이름으로 그 회사의 주인이 헨

리 포드라는 사실을 세상 사람들에게 알리고 있었다. 그러나 실상 주인은 성한이었다. 포드는 서재필과 마찬가지로 경영자였다. 그는 서재필보다 조금 더 많은 권한을 지닌 사장이 됐다.

아직 공장이 차려지지 않았다. 공장을 세우기 전에 제대로 된 자동차 모델을 설계하려고 했다.

포드사 사옥 4층 회의실에서 성한이 데리고 온 기술팀들이 모였다. 기술팀의 팀장들을 만난 포드는 그들이 필립제이슨사에 있었다는 사실에 놀란 모습을 보였다. 그리고 제약회사의 생산설비를 구축했다는 말을 듣고 크게 기대감을 나타냈다.

성한이 포드에게 그가 구상한 자동차 설계도를 보여달라고 말했다.

"설계도는 가지고 왔습니까?"

"예. 존스씨."

"펼쳐서 보여주세요."

회의실 탁자 위에 청사진이 펼쳐지면서 사람들의 시선을 사로잡았다. 그 안에 포드가 생각하는 자동차가 담겨 있었다. 지붕이 있고 완충 장치까지 포함된 설계. 바퀴를 받치는 코일 스프링이 눈에 들어왔다. 그리고 머리 받침대가 있는 의자와 안전띠까지 상세하게 설계도에 그려져 있었다.

안전띠를 보고 성한이 눈을 크게 키웠다.

"이건 어떻게 생각했습니까?"

"집에서 기어를 돌리다가 작은 받침대에 걸리는 것을 보고 착안했습니다. 그리고 실제로 만들어봤는데 효용이 있었습니다. 끈을 갑자기 잡아당길 때, 추에 연결된 받침대가 기어에 걸립니다. 그걸로 안전띠를 만들 수 있을 것 같습니다."

"……."

기술자는 기술자였다. 기계공학 팀은 포드가 생각하지 못할 줄 알고 따로 안전띠에 관한 설계도를 준비했다. 그러나 그것을 보여줄 필요가 없었다. 팀장인 이성철이 어깨를 으쓱하며 웃었다. 그리고 성한도 웃으면서 포드에게 참으로 설계를 잘한 것 같다고 말했다. 차후에 제대로 만들어서 성능을 확인하자고 했다.

그리고 다시 포드가 그린 자동차의 전체 설계도를 확인했다. 엔진에 변속기가 붙어 있었고, 후륜을 움직이게 하는 구동축과 차동기어 등을 확인했다.

차의 형태를 보면서 모든 사람들이 동일한 생각을 했다.

'이거 설마… SUV?'

4명 혹은 5명이 탈 수 있는 자동차에 짐칸을 만들고 지붕을 올리자 그 모습이 20세기를 주름잡았던 스포츠 유틸리티 차량과 많이 닮아 있었다. 소위 '지프'라 불리는 차의 형태였다. 그리고 그것은 실제 역사에서 포드가 구상했던 T모델보다 훨씬 발전된 형태였다. 정욱이 현재 그런 차를 생산할 수 있는지 의문을 나타냈다.

"이거, 만들 수 있을까요?"

그리고 성한이 대답했다.

"전자 장비가 없는 깡 자동차라면 만들 수 있어. 다만 정교하게 만들기 위해서 기계가공 업체를 반드시 인수해야 돼. 그리고 타이어 회사도 인수해야겠지. 공장 설비도 잘 구축해서 생산 효율을 높이고 판매 단가를 낮추면 충분히 팔 수 있어. 아마 시장에 큰 충격을 줄거야."

둘은 조선말로 이야기했기에 포드는 무슨 말을 하는지 알 수 없었다. 어리둥절해하는 포드에게 성한이 환하게 웃으면서 말했다.

"엔진을 납품받아서 쓰지 말고 자체 개발해서 씁시다. 변속기도 마찬가지입니다. 그리고 조작을 조금 바꿉시다. 밸브로 출력을 높이지 말고 발로 출력을 높이는 겁니다. 그것 외에는 모두 이대로 만들면 될 것 같습니다."

성한이 포드에게 효율 높은 엔진을 만드는 것에 대해서 이야기했다. 그 이야기를 듣고 포드가 놀라워했고, 차를 생산하는 방식을 듣고서 한번 더 놀랐다. 자신이 그동안 했던 생각과 유사했다. 포드는 성한과 죽이 참 잘 맞는다고 생각했다.

그로부터 한달이 지났다.

성한은 한달 동안 포드를 앞세워서 디트로이트에 있는 타이어 제조 회사와 공장 설비 제작 회사, 제철 시설 등을 인수했다. 먼저 매물로 나온 좋은 공장 부지를 인수했다. 그리고 인부들을 고용해 청소를 한 뒤, 자동차 생산을 위한 설비 제작에 나섰다.

이성철을 비롯한 기계공학 기술팀이 설비 제작에 힘을 썼다. 설비 제작 회사에 일하던 백인 인부들은 처음에 이성철과 팀원들을 무시했지만 이내 그들의 실력을 깨닫고 한수 배우려고 했다. 그래야만 돈을 받고 일할 수 있었다.

기계공학 기술팀을 통해서 프레스 가공이라 불리는 생산 기계가 개발되어 10대 넘게 제작됐다. 그리고 정우식이 맡은 전기 기술팀이 발전기를 만들었고, 김세연과 화학팀은 제철 시설의 직원들과 함께 강성이 좋은 강철을 만드는 법을 터득했다. 그리고 고로에서 쇳물을 붓고 매우 우수한 철강 생산이 이뤄지도록 했다.

그들은 금강석을 구해서 철을 깎을 수 있는 드릴을 만들었다. 또한 용접기를 개발했고, 그것으로 몇 장의 철판을 겹쳐서 용접해 충격 흡수에 강한 철제 구조를 만들어냈다.

그렇게 학교 운동장만한 크기의 부지를 확보하고 인근의 작은 공장을 인수해서 포드 자동차 연구소를 설립했다. 그곳에서 10대의 시제 차량 제작을 시작했다.

포드 스틸로 사명을 바꾼 제철소에서 철판이 생산되었다. 프레스 기계로 철판을 눌리고, 공작이 가능한 기계로 철판에 구멍을 뚫으면서 연삭했다. 그리고 용접으로 여러 철판을 겹쳐 뼈대를 만들었다. 강성이 확보된 뼈대가 프레임이 됐고, 주물로 굳은 철이 연삭되면서 엔진 블록이 됐다.

포드와 기계공학팀이 새로운 엔진을 개발했다. 3대의 시제 엔진을 만들어서 직접 축전지에 전선을 연결하고, 시동을 걸어서 엔진을 가동시켰다. 그러자 여태 본 적 없는 강한 파워가 엔진에서 크게 뿜어져 나왔다.

"오오! 빠르다!"

뼈대 없는 엔진 시험 좌석에 앉은 포드가 주먹을 쥐면서 크게 감탄했다. 크랭크축의 회전 속도가 여태 본 엔진의 곱절에 이르렀다. 그리고 레버 대신 페달로 바뀐 엔진 출력 조정 장치를 발로 슬쩍 밀자 엔진에서 굉음이 일어나면서 크랭크축의 회전속도가 더욱 빨라졌다.

성한이 웃으면서 새로 제작한 변속기를 장착해보자고 말했다.

"변속기를 달아서 바퀴가 회전하는 것까지 확인해봅시다. 그러면 자동차의 빠르기를 경험할 수 있을 것입니다."

큰 기대감을 안고 변속기를 엔진에 붙였다. 그리고 포드가 다시 자리에 앉아 시동을 건 뒤, 클러치 페달을 밟고 오른손에 잡힌 변속 레버를 1단에 넣었다. 직후 가속 페달을 밟자 크랭크축의 회전이 1단 변속기어로 인해서 속도가 죽은 상태로 바퀴에 도달했다. 포드는 매우 만족스러운 표정을 지었다. 2단에 올리자 바퀴는 더 빠르게 돌아갔고, 3단에 오르자 매우 빠른 속도를 보였다.

어떤 자동차 회사도 가지지 못할 변속 기술이다. 사상 최고의 자동차를 만들 수 있다는 자신감이 차올랐다. 포드가 감회에 젖은 모습으로 성한에게 말했다.

"이 엔진과 변속기를 내 이름이 걸린 차에 쓰는 겁니까?"

"그렇습니다."

"정말 대단합니다! 생각도 못했습니다! 세상에 이런 엔진과 변속기를 개발하다니! 이제야 성공을 자신합니다!"

포드의 미소를 보고 성한도 덩달아 기분이 좋아졌다.

시제 엔진과 변속기 제작이 성공적으로 끝을 맺었다. 성한은 본격적으로 직원들을 고용해 자동차 생산을 준비했다.

연구소 2층에 모인 직원들은 포드로부터 직접 교육받는 중이었다. 포드가 엔진 제작에 관한 상세한 설명과 주의를 알려주고 있었다.

"지금 여러분들 앞에 있는 것이 실린더 블록입니다. 실린더 블록 아래로 피스톤이 꽂혀서 움직이는데, 조립 시

반드시 압축링과 오일링을 끼워야 합니다. 그리고 크랭크축에 커넥팅로드를 걸고, 베어링을 규정 값에 맞는 압력으로 죄십시오. 그래야 크랭크축이 부드럽게 움직입니다."

"네."

"거기까지 조립이 되고 크랭크축도 실린더에 장착되면, 아래에 엔진오일의 불순물을 걸러주는 필터를 답니다. 그리고 오일을 담는 오일팬을 조립하십시오. 그 다음 실린더 상부에 흡기 밸브와 배기 밸브가 있는 헤드를 장착하시면 됩니다. 헤드와 실린더 사이에는 반드시 개스킷이 들어가야 하니 빠트리시면 안 됩니다. 마지막으로 점화플러그와 연료분사기를 조립하시기 바랍니다."

제대로 조립하기 전에 조립훈련을 10번이나 했다. 그러고나서 엔진 조립에 나서자 직원들은 마치 오랫동안 해 왔던 것처럼 능숙하게 엔진을 조립해나갔다. 다른 직원들도 용접으로 차체 뼈대를 만들고 각종 부속품을 조립했다. 마지막으로 머리 받침대가 있는 의자가 차 안에 설치됐다. 그리고 연구소에서 제작된 10대의 시제 차량을 포드가 직접 공장부지 옆의 주행 시험장에서 시운전했다. 그저 부품 하나하나의 상태를 봤을 땐 매우 뛰어났다. 그러나 그것이 자동차라는 상품이 됐을 때는 또 모르는 일.

좌석에 앉은 포드가 운전대 옆에 열쇠를 꽂고 돌렸다. 그러자 시동이 걸리면서 엔진이 돌기 시작했다. 포드는 클러치 페달을 밟으면서 변속 레버를 1단에 넣었다.

차가 움직이기 시작했다.

"좋아. 2단이다!"

부우웅!

"와아!"

가속력이 상상 이상이었다. 다른 자동차 회사에 납품되는 엔진보다 실린더 수도 적고 연료도 작게 연소하면서 발휘되는 마력은 몇 곱절에 이르는 것 같았다.

3단을 제대로 쓰기도 전에 주행장의 직선 주로가 끝났다. 포드는 운전대를 돌려서 바퀴를 꺾었고, 다시 직선 주로를 달리면서 3단까지 변속을 높였다.

시제 차량은 시속 60마일에 근접하는 속도를 냈다. 주행 시험은 완전히 대성공이었다. 다른 9대의 차량도 동일한 성능을 보였고, 포드는 만족했다.

멀리서 그의 주행 시험을 성한이 지켜보고 있었다. 포드사 직원들에게 자주 노출되어봐야 좋을게 없었다.

정욱이 성한에게 축하의 말을 전했다.

"축하드립니다. 과장님."

그 말을 들은 성한이 환하게 웃었다.

"우리 모두의 축하지. 이제 미국 경제와 사회는 포드 회사에 엄청난 영향을 받을 거야. 그리고 그 회사를 우리 손으로 주무를 수 있는 거지. 앞으로 5년이면 미국은 정말로

많이 바뀔 거야."

조선도 마찬가지였다. 미국의 주요기업에서 조선을 지원하는 그림을 어떻게 그릴지 생각했다. 그리고 숙소로 돌아가 유유자적한 시간을 보냈다.

며칠 뒤, 디트로이트 언론사로 포드사의 사장이 직접 연락해 신차 공개식을 벌이겠다고 알렸다.

10대의 시제 차량 중 가장 마음에 드는 3대의 차량을 사람들에게 공개하기로 했다.

무수한 기자들이 포드사 공장 부지에 몰려서 첫 차를 구경하려고 했다. 사진기가 연신 불빛을 터트렸고, 기자들은 포드가 하는 이야기를 수첩 안에 써서 기사로 내기 위해 안달이었다.

무지개 띠가 걸린 단상 위에 포드가 올라섰다. 그리고 감회에 찬 목소리로 사람들에게 말했다. 대중 자동차 생산을 세상에 선포하는 순간이었다.

"정말 벅찹니다. 제가 이런 회사를 차릴 수 있을까 했는데 결국 해냈군요. 그리고 제 이름이 걸린 이 자동차들을 제작했습니다. 신사 숙녀 여러분, 포드 퍼스트입니다. 포드 퍼스트는 규격화된 동질의 부품을 써서 만들어낸 자동차입니다. 그리고 적은 연료로 최고의 출력을 발휘할 수 있는 알파 엔진을 탑재했습니다. 알파 엔진은 1998cc 4기통으로 98마력에 12킬로그램미터 토크를 발휘할 수 있습니다. 그리고 3단 변속기를 통해 효율적으로 속도를 조정할 수 있습니다. 또한 안전을 위해 머리받침대와 안전띠를 전 좌석에 적용시켰으며, 차 실내와 앞좌석 양 사이드에 거울을 설치해서 뒤를 볼 수 있게 만들었습니다. 유리창은 문손잡이를 돌려서 열었다가 닫을 수 있습니다. 자회사인 윙레그에서 생산한 타이어로 승차감과 휠의 내구를 확보했습니다. 그리고 전조등과 미등, 후진등, 방향등을 설치해 차가 움직일 때 미리 예고할 수 있게끔 만들었습니다."

포드는 잠깐 숨을 고른 뒤, 좌중을 둘리보았다. 놀라움을 담은 시선들이 보였다. 포드는 그 시선에 화답하듯 다시 말을 이어나갔다.

"포드 모터스의 첫 차는 세계 최고의 자동차가 될 것입니다. 최저 가격은 400달러이며, 최고 가격은 600달러에 근접합니다. 공장이 모두 건설되고 직원 교육이 끝나는 순간 본격적으로 생산을 벌일 겁니다. 값비싼 사치품이 아닌 95퍼센트의 사람들을 위해서 최대한 싸게 팔 것입니다. 이 나라를 포드 모터스의 자동차로 채울 겁니다."

연설이 끝나자 기자들이 아우성을 치면서 손을 들었다.

"사장님! 400달러에서 600달러라는 것은 무슨 뜻입니까?!"

"어떻게 포드 퍼스트가 그렇게 싸게 팔릴 수 있습니까?!"

"답변해주십시오! 사장님!"

보통 자동차라고 하면 수천 달러를 호가하는 최고의 사치품이었다.

기자들의 질문에 포드는 따로 대답하지 않았다. 말을 아껴서 오히려 기자들의 궁금증을 유발했다. 포드 퍼스트의 생산을 사람들이 관심을 가지고 기다리도록 만든 것이다.

네달이 지나 공장 건설이 완공되면서 1차로 선임이 될 직원들을 고용했다. 그리고 그들의 고용 조건은 필립제이슨사의 직원들과 비슷한 수준이었다.

일급 4달러에 주 40시간을 넘기지 않고 일주일 중 이틀은 반드시 쉬는 근로 조건. 누구나 입사하고 싶어 하는 또 하나의 회사가 탄생했다.

공장에 설치된 거대한 벨트 앞에서 생산직 직원들이 부품을 조립했다. 그리고 조립된 부품은 벨트 위에 놓여서 다른 직원들에게로 넘어가 또 한번 조립되었다. 그렇게 부품은 하나하나 결합되어 차의 일부가 되고 있었다.

이것이 '컨베이어 벨트'라 불리는 생산 설비였다. 컨베이어 벨트는 작업하는 이를 매우 지겹고 심심하게 만들 수 있지만, 숙련이 쉽고 반복된 작업으로 많은 부품을 제작할 수 있었다. 그리고 컨베이어 벨트를 이용한 작업현장을 생산 라인이라고 불렀다.

라인 마지막에는 언제나 온전히 제작된 자동차가 나와서

바퀴를 굴렸다. 제작된 차는 공장 밖으로 나와서 시험 주행장에 세워졌다. 그리고 주행 시험을 담당하는 직원이 주행장을 돌면서 하자가 없는지 확인했다. 문제 있는 차는 다시 공장으로 돌려보냈고, 문제가 없으면 판매를 위한 주차장에 세워서 고객 인계가 이뤄지게끔 했다.

차는 주차장에 세워질 때마다 금세 없어졌다. 그만큼 포드 퍼스트는 크게 흥행했다. 계약에서 인계까지 걸리는 시간만 반년 이상이 될 정도였다.

공장 가동이 이뤄진지 한달 만에 800대를 팔면서 엄청난 수익을 올렸다. 그리고 두번째 공장과 세번째 공장 건설 계획이 세워졌다.

완성된 포드 퍼스트 차량 중 한대가 성한에게 인계됐다. 차를 타고 디트로이트 곳곳을 달려본 성한은 앞으로 포드사에 무엇이 부족한지를 찾았다.

계기반에 연료의 양이 꽤 부족한 상태였다. 주유할 수 있는 곳이 있으면 좋겠지만, 이제 막 석유를 쓰기 시작한 시대였다. 미래처럼 주유소를 흔히 찾는 것은 힘든 일이었다.

그리고 마을 간 거리가 꽤 있는 비포장길을 지날 때, 무거운 짐을 등에 메고 걸어가는 사람들을 보았다. 그 사람들을 보고 앞으로 또 어떻게 세상이 바뀌어야 할지를 생각했다.

차에서 내렸을 때 포드가 와서 감상을 물었다.

"어떻습니까?"

"마음에 듭니다. 엔진 출력도 마음에 들고요. 다만 도로가 잘 닦여져 있으면 더 빨리 달릴 텐데… 아쉽습니다. 그리고 달리면서 회사를 더 크게 발전시킬 만한 것들을 생각했습니다. 회의실에서 알려 드리겠습니다."

성한이 생각한 바가 있다고 말했고, 포드는 그를 완전히 믿고 있었다.

잠시 후, 포드 모터스 사옥 회의실에 들어온 성한과 포드. 성한이 종이에 그림을 그려서 포드에게 보여줬다. 그것을 본 포드가 깊은 생각에 빠졌다.

성한이 포드 모터스의 새로운 길을 열어줬다.

"수송과 대중교통을 정복해야 합니다. 큰 짐을 싣고 심지어 바위조차 싣고 움직일 수 있는 화물차들을 생산할 필요가 있습니다. 그것도 크기별로 말이죠. 그리고 사람들을 태우고 다닐 수 있는 승합차와 포드 퍼스트를 개조한 영업용 차량을 만들어야 합니다. 앞으로 사람들은 차를 타고 편하게 다니길 원할 겁니다. 또한 자동차로 운송업을 벌이는 회사가 생겨나겠죠. 그런 회사들에게 차를 팔아야 합니다."

그리고 고급차 제조에 관해서도 의견을 나타냈다.

"현재 포드 퍼스트는 95퍼센트의 사람들을 위한 차로 만들어지고 있죠?"

"예. 맞습니다."

"그러면 5퍼센트는 어떻게 하실 생각이신가요?"

"차가 값이 싸고 튼튼하고 성능이 뛰어나다면 5퍼센트의 고객도……."

"물론 맞는 이야기입니다. 하지만 그렇게 하시면 특별함을 원하는 5퍼센트 고객의 바람을 무시하는 것이 됩니다. 상류층 고객은 돈이 있고 더 비싸게 지불할 능력이 있습니다. 마땅히 실업가라면 그런 고객의 바람을 채울 수 있는 상품을 만들어야겠죠. 포드 모터스와 그룹을 이룰 고급 자동차 제작 회사를 설립해서 또 한번 세계 최고의 자동차를 만드는 겁니다. 포드 퍼스트에 들어간 모든 기술들을 채용하고 실내 마감 소재를 고급스럽게 바꾸는 겁니다. 가죽이나 원목 혹은 은이나 금칠 같은 것으로 말입니다. 엔진도 4000cc 8기통이나 6000cc 12기통으로 높이고, 변속기도 3단 수준이 아닌 5단 수준으로 높이는 거죠. 제조비용을 낮추기 위해서 쓰지 않았던 것을 과감하게 쓰는 겁니다. 그러면 유럽의 모든 고급차가 박살날 겁니다. 최신형에 비싼 기술까지 쓴다면 5퍼센트의 고객은 자신들이 최고라는 특별함을 얻을 겁니다. 큰 수익은 거기에서 낼 수 있습니다."

그와 함께 경차와 소형차, 준중형차, 중형차, 준대형차,

대형차의 크기에 대한 설명을 했다. 보통의 승용차, 험지를 달릴 수 있는 스포츠 유틸리티 차와 픽업트럭, 고성능 스포츠카와 해치백, 왜건, 패스트백, 쿠페에 대해서도 그림을 그려서 보여줬다. 그 그림을 본 포드는 성한이 대단한 현자처럼 느껴졌다.

그리고 새로운 깨우침을 얻었다.

"세상의 모든 고객이 우리 고객이 되어야 하는군요."

성한이 말했다.

"95퍼센트만을 위하는 것은 차별입니다. 전략적으로 택할 수는 있어도 100퍼센트가 가능하다면 모두를 생각해야 됩니다. 당장은 아니더라도 차후에 하겠다는 생각으로 준비해야 됩니다. 이것이 제 의견입니다."

의견이라는 것으로 포드의 경영권한을 넘어서지 않았다. 그의 의견을 택하고 말고는 포드의 선택권이었다. 포드는 이내 성한이 말한 것을 준비하겠다고 말했다.

"5퍼센트의 고객을 위한 차도 만들겠습니다."

포드 퍼스트가 시장에서 인지도를 얻을 때까지 준비하려고 했다. 그리고 성한은 그 외에 토크를 강하게 발휘할 수 있는 경유 엔진에 관해서도 이야기했다. 오염 물질이 많이 배출되기에 매연을 저감시키는 장치에 관해서도 이야기했다.

그 모든 이야기를 포드는 빠짐없이 듣고 기억하려 노력

했다. 새 엔진을 개발해서 힘 좋은 차들을 만들 것이라고 다짐했다.

그에게 성한이 모든 것을 맡겼다.

"이제 말씀드릴 것은 다 드린 것 같으니, 포드씨만 믿겠습니다."

"예. 존스씨."

"다음에 뵙도록 하겠습니다."

"다음에 뵙겠습니다. 항상 신의 은총이 함께하고 건강하시길 빌겠습니다."

서로에게 행운이 있기를 소망했다. 그리고 성한이 차를 몰아서 숙소로 돌아가려고 시동을 걸었을 때, 문득 하지 못한 이야기가 머릿속에서 떠올랐다.

하지만 포드에게는 그리 중요한 이야기가 아니었다.

"주요소 이야기를 안 했네……."

이제 자동차가 팔리기 시작하면 주유소가 많이 부족해질 거라는 생각이 들었다.

기름을 파는 회사가 막대한 이득을 올릴 것이다. 성한은 그런 생각을 하면서 숙소로 돌아갔다.

그로부터 한달이 지나 워싱턴 D.C 몇 곳에 포드 모터스 대리점이 생겼다. 사람들은 포드 퍼스트를 타기 위해 아우성이었다. 그 모습을 멀리서 보고 있던 부호의 자제가 코웃음을 쳤다.

"저길 봐. 대체 저게 무슨 난리야? 고작 800달러도 안 되는 차를 사려고 저 난리를 부리다니."

"그러게요, 닉. 진짜 사람이 볼품없어 보여요."

"자고로 차라는 것은 최고의 소재와 장식으로 만들어지는 작품이야. 세상에 천 의자가 뭐야, 천 의자가. 내 차처럼 고급 가죽과 금칠이 된 의자 정도는 있어야지. 저런 차는 가진것 없는 서민들이나 타는 차야."

"맞아요, 닉."

"시속 60마일을 달릴 수 있다고? 과장도 정도껏 해야지. 섀넌. 내 차가 얼마나 빠른지 보여줄게. 모자가 벗겨질 수 있으니까 꼭 잡아야 돼. 알았지?"

"알겠어요."

"간다!"

20살밖에 되지 않아 호기로 가득찬 부호의 자식이 옆에 애인을 태우고 힘껏 출력 밸브를 열었다.

그는 고함을 지르면서 길가의 사람들에게 비키라고 외쳤다.

천둥벌거숭이 같은 짓을 벌이면서 사람들을 위험에 빠지게 만들었다. 그러다가 언덕을 넘을 때였다.

언덕 위에 포드 퍼스트 한대가 정차되어 있었다. 뒷좌석에 중절모를 쓴 신사가 포드 퍼스트에 타고 있었다. 시동을 걸려던 운전수가 사이드 미러를 봤다가 뒤에서 달려오는 자동차를 보고 크게 놀랐다.

달려오는 차에 탄 남자가 당황한 모습이 보였다. 운전수가 급히 외쳤다.

"보좌관님!"

쾅!

"크……!"

뒤에서 부서지는 소리가 나면서 충격이 일었다. 차가 크게 흔들릴 정도였다. 몸이 들썩였던 운전수는 목 뒤를 짚으며 매우 고통스러워했다.

"으윽… 괘… 괜찮으십니까……?"

"괜찮네……."

"잠시 밖을 살펴보겠습니다……."

"함께 보도록 하지."

뒷좌석에 탄 신사는 루즈벨트였다. 떨어졌던 안경을 주워서 다시 쓴 뒤, 운전수와 함께 하차해 뒤를 살폈다. 그리고 부서진 자동차와 피 흘리는 남녀를 봤다.

거리의 사람들이 웅성거리는 가운데 루즈벨트가 급히 의사를 찾았다.

두 남녀는 결국 교통사고로 목숨을 잃었다.

그 사실이 워싱턴 D.C 유력 신문사를 통해서 사람들에게 알려졌다.

다음 날, 조간신문을 읽으면서 미국 시민들이 새로운 깨

우침을 얻었다.

“차 사고가 났어. 유럽에서 만들어진 고급 자동차가 포드 퍼스트를 들이받았는데, 유럽산 차를 몬 부호의 자제는 죽었고 포드 차에 탄 사람들은 멀쩡하게 살았어.”

“엇? 루즈벨트 차관보좌관이잖아. 이번에 은행에서 볼일을 보다가 사고를 당했다는데? 사진이 멀쩡하게 나와서 인터뷰인 줄 알았어.”

“두 차에 탄 사람들의 상태가 완전히 달라. 포드 퍼스트에 탄 사람들은 근육통 외엔 아무 문제가 없다고 해.”

“머리 받침대와 안전벨트를 생각한 사람은 천재 중의 천재야! 정말 대단한 생각이야! 포드 퍼스트는 안전에 있어서 최고의 자동차야!”

“맞아!”

처음에는 사람들이 안전띠와 머리받침대에 대해서 별 관심을 보이지 않았다. 그러나 사고가 났을 때의 차이를 확인하자 사람들은 포드 퍼스트가 가진 특별한 안전장치에 주목했다. 그리고 차를 사면 포드 퍼스트를 사야 한다는 생각을 가지게 되었다.

며칠 뒤, 집에서 몸을 다스린 루즈벨트가 전쟁부에 출근했다.

이어 대통령이 집무를 보는 백악관으로 향했다. 대통령은 루즈벨트에게 걱정스러운 시선을 보냈다. 루즈벨트의 목에 붕대가 감겨 있었다.

"괜찮소?"

"괜찮습니다."

"머리 받침대가 있었는데도 그렇군."

"받침대가 있었기에 그나마 이 정도입니다. 없었다면 목이 부러져서 이미 죽었을 겁니다."

"이참에 나도 포드 자동차로 바꿔야겠소. 고급스러움이 뚝뚝 떨어져봐야 무슨 의미가 있겠소? 안전한 것이 최우선이오."

"예. 각하."

조간신문에 다른 사고 사례도 있었다. 그 사례는 포드 퍼스트 차가 마차를 들이받고 부서진 경우였다.

마차에 타고 있던 사람들은 크게 다치거나 두부골절과 뇌출혈로 사망했다. 하지만 차에 타고 있었던 운전수는 안전띠에 의해 흉부 압박과 복부 압박만 강하게 받고 무사했다.

매킨리와 루즈벨트가 그 사실을 언급하며 포드 퍼스트가 최고라고 말했다.

첫번째 차가 세계 최고의 차량이었다.

루즈벨트에게 안부를 묻고 곧바로 전쟁 준비에 관한 보고를 받았다. 대외비 문서를 확인한 매킨리가 서명을 넣으면서 루즈벨트에게 말했다.

"이대로 행하라고 전하시오."

"예. 각하."

겨드랑이 사이로 문서를 낀 루즈벨트가 집무실에서 나왔다.

그는 전쟁부로 가서 장관인 러셀 앤저에게 대통령의 지시를 전하고 남은 일을 마저 봤다. 그리고 전쟁부에서 나와 마차에 타려고 했다.

그가 타던 포드 퍼스트는 수리 중이었다. 그런데 어째서인지 자신이 타던 포드 퍼스트가 눈앞에 있었다. 벌써 수리가 끝났을까 어리둥절하던 차에 중절모를 쓴 신사가 앞으로 왔다.

"포드 모터스의 사장, 헨리 포드입니다. 전쟁부 해군 차관보좌관님을 뵙게 되어 영광입니다."

"처음… 뵙겠소. 헌데 갑자기 이곳에 어쩐……."

"아. 이번에 사고를 당하셨다 들어서 포드 퍼스트를 가지고 이렇게 차관보좌관님을 뵈러 왔습니다. 보좌관님께서 겪으신 일은 매우 불행한 일이지만 저희 회사에서 생산하는 차가 얼마나 안전한지 홍보된 바가 커서 보상해드리려고 합니다. 저희 회사에서 운영하는 서비스센터에서 수리 중인 것으로 알고 있습니다. 저희 회사의 수습 직원들을 위해 수리중인 차를 기증하시고, 여기 새 차를 타주십시오. 검수를 완벽하게 마친 차량입니다."

횡재도 그런 횡재가 없었다.

포드가 직접 와서 의도치 않은 홍보를 해줬다는 이유로 차를 보상하자 루즈벨트의 입이 크게 찢어졌다. 포드의 비서로부터 열쇠를 받고 직접 운전석에 앉아서 시동을 걸었다. 그리고 차 실내와 계기반을 비롯해서 모든게 새것이 된 자신의 차를 살폈다.

시동을 끄고 차에서 나와 포드에게 감사의 뜻을 전했다.

“고맙소. 헨리 포드의 명성을 믿고 잘 쓰겠소.”

“제가 더 감사합니다. 보좌관님.”

루즈벨트는 갑자기 생각난 것이 있었다.

“한 가지 물어볼 것이 있는데…….”

“물어보십시오.”

“포드 모터스는 아직 증권거래소에 상장되지 않은 것으로 아는데 맞소?”

“예. 맞습니다. 하지만 조만간 상장될 겁니다.”

“상장되기 전에 미리 투자하고 싶군. 장담컨대 포드 모터스는 세계 최고의 자동차 회사가 될거요. 내게 투자의 기회를 주시오.”

“알겠습니다. 보좌관님.”

잠깐의 작별을 하기 전에 성한이 포드에게 한 말이 있었다.

그것은 유력 정치인들에게 투자를 유도해서 그들과 운명

을 함께하는 기업이 되어야 한다고 말했다. 그리고 포드는 그 말에 동의했다.

여야를 가리지 않고 인지도를 지닌 정치인들에게 소량의 주식을 팔아 투자에 참여시켰다. 포드 모터스가 증권거래소에 상장됐을 때, 10달러로 평가되던 주식이 며칠 만에 두배를 찍었다.

주식은 한달이 되자 10배에 이르렀고 곧 20배에 이르는 200달러를 찍었다.

회사에서 발행된 100만주 중 80퍼센트를 성한이 가지고 있었다. 첫 분기 배당금만 160만 달러에 이르렀다. 그 다음 분기 때는 배당금이 얼마나 떨어질지 감히 상상할 수 없었다.

필립제이슨과 포드 모터스에서 거두는 배당금 수익만 한 해 1000만 달러를 넘어서고 있었다.

디트로이트에서 할 일을 모두 끝냈다. 다시 뉴욕으로 가기 전에 성한은 포드 자동차 기술 연구소에서 일할 몇 명의 직원들을 뽑았다.

기계공학 기술팀의 팀원들이 일부 남기로 했다. 그들과 팀장인 이성철이 악수했다.

"수고하게."

"예. 팀장님. 좋은 차들을 빨리 만들어서 길 편하게 다닐 수 있도록 해드리겠습니다."

"그래."

앞으로 고성능차와 힘이 좋은 디젤 엔진을 개발할 사람들이었다.

성한과 지연은 뉴욕에 거주하는 빌딩으로 돌아왔다. 성한은 빌딩의 옆 부지를 사서 주차장으로 만들었고, 포드 퍼스트만 무려 6대를 세웠다.

배당금을 받고 성한의 호실에서 회식이 벌어졌다. 식탁 앞에 앉은 3분대 대원들이 환하게 웃으면서 떠들었다. 그들은 조선에 남아 있는 유성혁과 1분대, 2분대 대원들을 생각했다.

"우리가 이렇게 호사롭게 산다는 것을 알까?"

"이 정도일 줄은 모를 겁니다."

"소대장님과 전우들에게 괜히 미안해지네. 우린 차를 타고 다니는데, 조선은 아직 말을 타고 다닐 테니 말이야. 물론 이쪽은 심심하면 인종차별을 당하고 있지만."

"제일 좋은 것은 조선을 미국만큼 발전시키는 거라 생각합니다. 그러면 돌아가서도 호화롭게 살 수 있습니다."

"맞는 말이야."

고급 와인이 담긴 잔을 들어 건배를 하며, 질 좋은 쇠고기 스테이크를 잘라먹었다.

또한 칠면조 요리를 해먹으면서 추수감사절을 보냈다. 푸짐한 저녁상이었다.

지연은 여자 대원들과 서로 입고 있는 옷이 잘 어울린다며 칭찬을 주고받았다. 그러다가 문득 지연이 성한에게 물었다.

"이제 또 뭘 할거야?"

사람들이 모두 성한을 바라봤다. 성한은 자신의 계획을 모두의 앞에서 이야기했다.

# 신조선 전기

별이 지다

성한의 시선이 채굴기술팀의 팀장인 김종민에게 향했다.

"채광 산업을 벌입시다."

"채광 산업을요?"

"철과 석회석, 석탄 등 이 시대에 아직 개발되지 못한 광산을 확보합시다. 시멘트 공장과 제철소를 지어서 건설의 근간을 마련하는 겁니다. 그리고 건설회사를 창업하거나 인수해서 미국을 새롭게 건설하는 겁니다. 제철소를 보유하면 조선소도 보유할 수 있겠죠. 그렇게 되면 연달아 해운사를 창업해서 전 세계를 상대로 무역할 수도 있습니다.

이것이 제 큰 그림입니다. 그리고 화룡정점이 되는 것이 하나 있습니다."

"무엇입니까, 그게?"

"바로 유전을 채굴하는 겁니다. 자동차 대량 판매로 인해서 원유가가 미친 듯이 오를 겁니다. 우리가 유전을 확보하고 정유회사를 세운다면, 앞으로 펼쳐질 세계의 석유 패권을 쥘 수 있습니다. 당연히 석유에서 파생되는 상품들도 만들 수 있고요. 화학회사를 통해 여태껏 사람들이 경험하지 못했던 플라스틱도 만들 수 있습니다. 록펠러에게 달릴 석유왕이라는 타이틀을 우리가 가져가는 겁니다. 어떻습니까?"

성한의 말을 듣고 김종민이 짧게 고민했다. 김종민은 잔에 남은 포도주를 마시고, 새로 포도주를 채웠다. 그리고 잔을 높이 들어보였다.

"해봅시다! 록펠러를 상대로 이겨봅시다! 저는 과장님이 하자는 대로 하겠습니다! 미래의 석유왕을 위하여!"

"위하여!"

전쟁을 치르기 전에 결의를 맺는 것 같았다. 인류 역사상 최고의 재벌이자 역사에 길이 남을 가문인 록펠러 가문과의 대결에 묘한 흥분을 느꼈다. 성한과 기술팀장들은 미래에서만 알려져 있는 미국 내 유전들을 손에 넣고 기술로 승부하려고 했다.

승리를 확신하는 모습, 앞으로 해야 할 일에 들뜬 사람들을 보면서 지연은 생각에 잠겼다.

조금 가라앉아 있는 그녀의 모습을 오직 성한만이 알아볼 수 있었다.

"지연아."

"응?"

"왜 그런 표정이야? 뭔가 마음에 안 드는게 있어?"

"……."

성한의 물음에 지연이 주저하면서 대답했다.

"다들 할 일이 있는 것 같아서. 거기에 비하면 나는 유유자적해서 정말 편하다는 생각을 했지. 놀면서 돈 쓰는 것만큼 부러운 일도 없잖아. 물론 그 돈이 내 돈은 아니지만 말이야. 어쨌든, 여기서 나보다 편한 사람은 없을 거야."

정욱이 맞장구를 쳤다.

"맞습니다, 누님. 나도 누님처럼 편하게 살고 싶네."

"넌 과장님이나 잘 보좌해. 그래야 내가 편해져."

"알겠습니다. 누님."

한 빌딩에 살고 오랫동안 함께 지내면서 정욱은 지연을 누님이라고 불렀다. 그리고 지연은 정말로 여유로운 듯한 모습을 보였다. 사람들은 그 모습을 보고 부럽다고 말했고, 성한도 고개를 끄덕이면서 맞장구를 쳤다.

그리고 지연에게 말했다.

"다들 참 건강해. 환절기가 되면 감기도 걸리고 아플 줄 알았는데 말이야. 덕분에 조선 최고의 명의가 실력 발휘도 못하는 상황이 되었어. 맞지?"

"그러게 말이야. 나보다 팀장님이 더 최고지만. 그래도 아픈 사람이 없어서 천만다행이지. 안 그래?"

"……."

"……?"

성한이 지연을 뚫어져라 쳐다봤다. 그의 행동에 지연은 성한이 중요한 말을 자신에게 할 것이라고 짐작했다.

"서재필 선생님께 가보는 게 어때?"

"뭐?"

"여기서 네 재주를 썩히는 것보다는 낫잖아. 조선에 돌아가는 방법도 있고 말이야. 하지만 일단 미국에 왔으니 조선에 가기보다 서재필 선생님을 만나는 게 좋을 것 같아."

"날 여기서… 내보내려는 거야?"

"그게 아니라 네 재주가 아깝다고. 그리고 여기서 아픈 사람이 있으면 이제 병원에 가면 돼. 우리에겐 돈이 있으니까. 서재필 선생님이 아는 의사들을 만나면 돼."

"……."

"사람을 살릴 수 있는 네 재주가 돈놀이를 벌이는 우리 재주보다도 귀해."

성한의 이야기에 지연의 눈동자가 떨렸다. 어떤 말로 포장을 해도 무리에서 나가라는 소리로 들렸다. 그때 정욱이 진지한 표정으로 지연에게 말했다.

"과장님 말씀이 맞는 것 같아요. 처음에 우리가 여기에 왔을 때, 우릴 치료해줄 수 있는 의사 한 사람이 필요했잖아요. 그래서 누님께서 오신 거고요. 하지만 지금은 돈이 있으니 우리도 미국의 의사에게 치료받고 수술할 수 있어요."

"하지만 만약 이 시대 의사들도 감당 못할 병에 걸리거나 다치게 되면? 그땐 나밖에 치료할 수 없을걸?"

"그렇겠죠. 하지만 그런 경우가 흔하게 있을까요? 우리에게 그런 일이 일어날 때만 누님께서 할 일이 생기는 거잖아요. 그사이에 더 많은 사람들을 살릴 수 있어요. 누님의 의술이 귀한 재능이라는 과장님의 말씀이 백번 옳아요."

"……."

"과장님 말씀대로 하셔야 해요."

"……."

다른 사람들에게도 시선을 옮겼다. 그리고 경호를 받으면서 친해진 심유정이 지연에게 말했다.

"저도 과장님 말씀에 찬성해요, 언니."

모두가 성한과 같은 생각을 했다. 그 모습에 지연이 앉아 있던 자리에서 일어났다.

"먼저 일어날게……."

그리고 밖으로 나갔다.

문이 닫히자 어색한 분위기가 흘렀다. 성한이 혼잣말하듯이 사람들에게 말했다.

"이거, 괜히 이야기했나?"

화학팀장인 김세연이 말했다.

"아뇨. 하셔야 될 이야기였어요. 그런데 수습도 하셔야죠."

"어떻게 수습하죠?"

유정이 역정을 내면서 성한에게 말했다.

"일단, 뒤따라가세요. 여기 계신다고 수가 나나요? 빨리 가서 언니를 달래세요."

"이거 참."

"어서요."

"……."

유정의 재촉에 성한이 뒷머리를 긁적이면서 몸을 일으켰다. 그리고 문을 열고 나가서 지연의 방문을 두드렸다.

"지연아. 문 열어봐. 내가 왜 그런 말을 했냐면……."

응답이 없었다.

"음? 안에 없나? 어디로 갔지?"

지연은 방에 없었다. 성한이 주위를 돌아보다가 옥상으

로 향하는 계단 문이 열려 있는 것을 봤다. 그리고 계단을 통해 옥상으로 올라갔다.

이스트 강 너머의 맨하튼이 은하수가 되어 하늘과 지상을 갈랐다. 옥상 난간 앞에 지연이 서 있었고, 바람을 쐬면서 뉴욕의 야경을 감상하고 있었다. 미래의 풍경만큼은 아니었지만 19세기 뉴욕의 야경도 만만치 않았다.

지연의 곁으로 성한이 걸음을 옮겼다. 그리고 나란히 옆에 서서 강 너머의 야경을 바라봤다.

성한이 조심스럽게 지연에게 물었다.

"설마 우는 거야?"

"안 울어."

"진짜?"

"그래. 그러니까 또 묻지마. 짜증나니까."

"짜증이라서 다행이네. 난 또 네가 실의에 빠져있는 줄 알았지."

"실의는 개뿔. 할 일 없어서 빈둥대는 것보다 바쁘게 사는게 낫지. 네 말이 맞아. 내 의술은 사람을 살리기 위한 의술이야. 환자가 있을 곳을 찾아가서 치료하는 게 맞는 일이지. 조선에 가기는 좀 그렇고… 서재필 선생님께 의과대학교를 추천해달라고 부탁해볼 생각이야."

"세계 최고의 의사가 되려고?"

"네가 병원을 차려주면? 스승님께서 계시니 최고가 되

기는 어렵겠지. 그래도 미국에서만큼은 최고가 될 수 있을 것 같아. 옥상에 올라와서 그렇게 생각했어."

"잘 생각했어."

"그런데 한 가지 물어볼 게 있는데."

"물어봐."

"내가 기분이 별로라는 걸 어떻게 알았어? 티 안 내려고 정말 노력했는데?"

지연이 성한의 얼굴을 뚫어져라 쳐다보면서 물었다. 그리고 성한이 피식하면서 지연에게 말했다.

"눈 깜빡임."

"눈 깜빡임? 내가 눈을 많이 깜빡였나?"

"아니. 정반대로. 너 진짜 기분 안 좋을 때는 기분 좋은 척하려고 얼굴에 힘을 줘. 그래서 눈을 잘 깜빡이질 않아. 아까도 눈 안 깜빡이고 가만히 있기에 꽤나 우울한가보다 했지. 나만 아는 비밀이야."

성한의 대답을 듣고 지연은 신기하다는 표정을 지었다.

"용케 그런걸 아네. 나도 잘 모르는 건데."

"너랑 사귄게 몇 년인데 그것도 모를까. 그 외에 기분 좋으면 미묘하게 왼쪽 입꼬리가 올라간다거나 곤란한 상황일 때 생각이 안 나면 손으로 머리를 쓰다듬는 것도 알고 있지. 한번씩 목을 감싸기도 하고. 네가 모르는 습관을 꽤 많이 알고 있어."

"우와. 변태."

"변태 같은 소리하네. 순탄한 연애를 위해서 눈칫밥을 먹은 거야. 근데 어쩌다가 이런 이야기까지 나온 거야?"

"네가 했지. 내가 이야기했나?"

"나 원."

"……."

"……."

"근데 하나 더 물어볼 게 있어."

"뭔데?"

목소리의 무게가 전혀 달라졌다. 진지함이 가득 담긴 지연의 물음에 성한이 잠자코 질문을 기다렸다. 그리고 지연이 꽤 지나간 일에 대해서 물었다.

"내 여자라고 말했는데 대체 무슨 뜻이야? 기차 객실에서 그렇게 말했잖아. 혹시 날 두고 하는 말이야?"

"……."

"설마… 아직도 날 그렇게 생각해?"

"……."

식은땀이 흘러내렸다.

닫혀 있던 입이 쉽게 떨어지지 않았다.

그동안 잊고 있었던 기억이 떠올랐다. 디트로이트로 향하는 열차 안에서 치근덕거리던 백인들과 싸우다가 '내 여자'라는 말을 썼던게 떠올랐다. 그것이 누구를 지칭하는 말인지는 명백했다.

"그… 그게……."

지연이 대답을 기다리고 있었다. 그녀가 성한을 집중해서 올려다보며, 그 입술에서 나오는 진심을 기다리고 있었다.

그때 문 쪽에서 소란이 일어났다.

"미… 밀지 마세요! 으앗!"

"와악!"

"아. 망했다……."

문이 열리면서 안에 있던 사람들이 넘어졌다.

문 앞에 있었던 정욱이 제일 먼저 쓰러지고, 그 뒤로 김세연과 심유정을 비롯한 여성 연구원들과 대원들이 쓰러졌다. 함께 엿보던 남자들도 쓰러지면서 지연이 미간을 좁히고 한참을 쳐다봤다.

성한은 놀라서 참았던 숨을 토해냈다.

'사… 살았다…! 살았어!'

속으로 다행이라는 생각이 들었다.

'맞다고 이야기했다가 까였으면 진짜 밤새도록 이불을 찼을 거야! 나이스 타이밍이다, 이정욱!'

그때 지연이 사람들을 보면서 인상을 팍 썼다.

"아씨… 잡쳤네……."

"……?"

"거기 비켜요. 지나갈 거니까."

"……."

"아, 빨리 비키시라고요!"

"예, 옛……!"

손짓을 하는 지연의 신경이 매우 날카로워져 있었다. 그리고 그녀의 호통에 문 앞을 막고 있던 사람들이 재빨리 일어나 길을 열었다.

지연이 걸을 때마다 발아래에서 엄동설한이 일어났다. 그녀가 아래층으로 내려가자 정욱과 사람들이 안도의 한숨을 쉬었다. 그리고 성한은 지연이 보인 행동을 곱씹었다.

'잡쳤다는 말은 대체 무슨 뜻이지?'

원하는 대답을 듣지 못해서 한 말인지, 그저 어떻게 생각하고 있는지를 듣지 못해서 한 말인지 알 수 없었다. 그리고 굳이 알려고 하지 않았다. 위기 끝에 잠잠해진 문제를 다시 끄집어내서 어색해질 가능성을 만들 필요가 없었다.

그럼에도 궁금증은 계속 들었다.

정욱이 성한에게 죄송하다고 말했다.

"죄송합니다. 과장님."

고개를 가로저으면서 아니라고 대답했다.

"아니, 괜찮아. 그나저나 언제부터 있었던 거야?"

"처음부터… 아니, 조금 뒤에서부터요."

"지연이 서재필 선생님에게 가겠다는 이야기는 들었어?"

"그랬나요?"

"제일 중요한 것은 안 듣고 엉뚱한 것만 엿들었구만. 지연이 서사장님 뵈러 가기로 했으니까 그렇게 알고 있어. 그리고 지금 막 생각난 게 있는데 전하께도 배당금을 할당해드려야 할 것 같아."

"배당금이요? 증권이 있나요?"

"증서는 없지만 우리가 전하의 내탕금으로 사업을 벌였잖아. 당연히 일부 수익을 돌려드려야 해. 안 그러면 사기밖에 안 될거야. 일단 통신망을 열어서 한양에 연락해. 어떻게 보낼지는 부장님과 이야기해보고 정하자고."

"알겠습니다. 과장님."

엄연히 빌린 돈이었다. 그리고 그 돈으로 막대한 수익을 내고 꽤나 호화로운 생활까지 하고 있었다.

정욱이 무전통신기를 켜서 그동안 얻어낸 수익 중 일부를 돌려보내겠다고 알렸다. 그리고 한양의 이태성으로부터 셔틀선이 직접 올 것이라는 답변을 들었다.

다음 날 새벽, 성한과 정욱, 대원들이 큰 상자 여러 개를 준비해서 이스트 강변에서 셔틀선을 기다렸다. 이윽고 스텔스 모드 상태의 셔틀선이 차분히 착륙지점에 내려앉았다. 스텔스 모드가 풀리자 셔틀선이 어둠 속에서 모습을 드러냈다.

현문이 열리고 계단이 내려지자 장성호가 보였다. 장성호를 본 성한이 환하게 웃었다.

"셔틀선이 오리라고는 생각도 못했습니다. 아직 움직이기는 하나보네요."

"연료가 아직 남아 있습니다. 이런 때를 대비해서 잘 관리했습니다. 5년 지나서는 잘 모르겠지만 말입니다. 건강해 보여서 다행입니다."

"부장님도 건강해 보여서 다행입니다. 그리고 모습이 많이 바뀌었군요. 마치 대한제국 시대의 사람 같습니다."

"비슷한 모습이 되어야 서로가 편합니다. 하하하."

미래의 양복이 아닌 조선 말기 혹은 대한제국 시절의 양복을 입고 있었다. 그런 장성호를 보며 과거 시대의 사람이 같다고 성한이 말했다.

장성호가 성한과 사람들 옆에 있는 상자들을 봤다. 검지로 가리키면서 성한에게 물었다.

"저겁니까?"

"예."

"200만 달러였죠?"

"예. 150만 달러는 금괴고 50만 달러는 영국 파운드로 환전해서 넣었습니다. 아직 달러가 기축 통화는 아니니까요. 가지고 가시면 유용하게 쓰실 수 있을 겁니다."

장성호가 함께 온 장병들에게 상자들을 옮기라고 말했다. 그리고 성한에게 물었다.

"만약 유과장이라면 저 돈으로 무엇을 하겠습니까?"

장성호의 물음에 성한이 고민도 없이 바로 말했다.

"교육과 국방, 산업육성 준비에 나눠서 쓰겠죠. 교육이야 부장님께서 하시는 대로 하면 될 것 같고… 국방도 부장님을 믿지만 자주적으로 무기 생산을 할 수 있었으면 좋겠습니다. 물론 제 개인적인 의견입니다. 소총을 제작하고 탄약을 만드는 기계들을 밀수해서라도 들여왔으면 합니다. 아직 공업으로 조선을 돕기에는 몇 달 시간이 더 걸립니다."

"알겠습니다. 참고하도록 하죠. 산업육성 준비는 어떻게 하면 좋겠습니까?"

"조선에도 이름난 기업가들이 있을 겁니다. 그중 독립운동가가 되는 분들께 지원해서 비포장이더라도 도로 정비를 해주셨으면 좋겠습니다. 그리고 다이너마이트 제작 회사를 통해 광산을 미리 채굴할 수 있으면 좋을 것 같습니다. 아, 그리고 함경도 무산에 있는 철광석 광산과 황해도의 철광석 광산, 영월의 석회석으로 작은 제철소와 시멘트 공장을 미리 건설해주셨으면 합니다. 그것으로 건설에 관한 경험을 축적시켜놓으면 차후에 본격적으로 조선을 지원할 때 많은 도움이 될 것 같습니다. 저라면 드린 돈을 그렇게 쓸 겁니다."

성한의 의견을 듣고 장성호가 알겠다고 말했다. 그리고 앞으로 성한이 무엇을 할지에 대해서 물었다. 석유왕인 록펠러와 정면대결을 벌일 거라는 성한의 대답이 이어졌다. 제철소와 시멘트 공장을 지어서 미국에서 건설회사를 차린 뒤, 조선회사와 해운회사를 차리겠다는 이야기를 들었다.

앞으로의 계획을 확인하고 손을 내밀었다.

"건투를 빌겠습니다."

"부장님도요. 많이 힘써주시기 바랍니다."

악수로 작별 인사를 했다. 장성호가 셔틀선에 승선했고 문이 닫히면서 스텔스모드가 작동됐다. 그리고 셔틀선에 가려지던 별빛과 달빛이 드러났다. 하늘에서 아지랑이가 일렁이자 성한은 사람들과 함께 집으로 향했다.

그리고 오후가 됐다. 맨하튼으로 향해 엘 기차역에서 성한이 지연을 배웅했다. 19세기 상류층 여인과 같은 복장을 한 지연과 심유정이 가방을 들고 승강장 앞에 섰다. 유정의 가방에는 C—1 레일 소총과 태양광 충전 장비, 수류탄을 비롯한 전투 장비들이 담겨 있었다. 그리고 외투 안에는 C—4 레일 권총이 있었다.

유정이 지연을 호위하기로 한 것이다.

종소리가 울리면서 승강장으로 열차가 들어왔다. 두사

람이 열차를 타고 워싱턴 D.C.로 향하려고 했다.
"갈게."
"그래. 몸조심해."
성한이 손을 흔들면서 인사했다. 그러다가 열차에 오르는 그녀에게 하지 못한 말을 했다.
"야."
"……?"
"그때만큼은 그렇게 생각했어. 치근덕거리던 백인 놈과 싸우다가 흥분해서……."
"……."
그 대답을 듣고 지연이 피식 웃었다.
"늦었어."
"뭐?"
"그러니까 못 들은 걸로 할게."
"야. 잠깐……!"
열차가 움직이기 시작했다. 지연과 유정이 탄 열차가 조금씩 속도를 높이기 시작했다. 금세 지연의 표정을 알아보기 힘들만큼 멀어졌다.
한참을 승강장에 서서 역사를 빠져나간 열차의 뒷모습을 쳐다봤다. 그리고 한숨을 쉬고 1층으로 내려가 임시 출입증을 반납했다.
차에 시동을 걸고 집으로 돌아가 다시 내일을 위한 새 사

업을 벌이기 시작했다.

* * *

조선의 미래를 알고, 그 미래를 막기 위해서 내탕금을 미래 후손들에게 내어줬다. 그 돈이 고작 2년 만에 십수배나 불어나서 한양으로 돌아왔다.

협길당 방 중앙에 놓인 여러 개의 큰 상자. 그 안에는 미국 정부의 인증이 새겨진 금괴와 영국 화폐인 파운드가 잔뜩 실려 있었다. 그것을 보고 이희가 크게 기뻐했다. 마치 세상을 다 얻은 것처럼 두 주먹을 불끈 쥐었다. 왕으로서 체통을 지키려 하지 않았다면 크게 소리를 지르면서 동네방네 소문을 낼 수도 있었다.

흥분을 가라앉히고 차분하게 병풍 앞 의자에 앉았다.

"이것들이 전부 얼마라고 했나?"

장성호가 미소를 보이면서 말했다.

"미화 150만 달러 상당의 금괴와 50만 달러 상당의 영국 파운드화입니다."

"훌륭하군!"

"이것으로 조선에서 많은 일들을 할 수 있습니다."

이하응은 없었고, 민자영이 자리에 함께하고 있었다. 그녀가 금괴와 파운드화로 채워진 상자들을 보면서 장성호에게 물었다.

군자금이 중요한 것이 아니라 무엇을 하느냐가 중요했다.

"이제 이걸 어떻게 요긴하게 쓸건가?"

그녀의 물음에 장성호가 대답했다.

"미리견의 유과장이 낸 의견이 있는데, 굳이 수정할 필요 없이 그대로 행하면 될 것 같습니다."

"어떤 의견이었는가?"

"교육과 국방, 상공업의 기반을 다지는 겁니다. 교육에 관해서는 세가 전에 말씀드린 대로 정책의 방향을 유지하면 될 것 같습니다. 국방에 관해서는 소총과 대포를 만드는 기계를 들이고, 탄약을 생산하는 공장을 세우자는 의견을 제시했습니다. 이를 위해서 막대한 양의 철과 각종 광석들이 필요합니다. 광산지는 저희들이 알고 있습니다. 폭약을 생산해서 캔다면 양질의 광석을 캘 수 있습니다. 또 작은 하천에 다리를 건설하고 도로를 정비해야 된다고 말했습니다. 그렇게 경험을 쌓아놓으면, 차후에 유과장이 본격적인 지원에 나섰을 때 그것을 발휘할 수 있을 거라고 했습니다."

장성호의 대답을 듣고 민자영이 미소를 지었다. 그리고 이희를 쳐다보자 이희가 고개를 끄덕이면서 어명을 내렸다.

"우부총리와 각 대신들과 협의해서 행하라."
장성호가 대답했다.
"어명을 받들겠습니다. 전하."
이희가 장성호에게 내탕금을 맡겼다. 그가 총리부로 가서 천군을 경비로 세우고 박정양과 김홍집, 김인석 앞에서 상자들을 열었다.
상자 안에 담긴 금괴와 영국 화폐를 보고 박정양이 놀랐다.
"이… 이것을 어떻게 마련한 것이오……?"
눈이 한없이 커진 그와 김홍집의 시선이 장성호에게 향했다. 김인석이 담담한 모습을 보이는 가운데, 장성호가 상자를 덮으면서 말했다.
"전하께서 내어주신 내탕금입니다. 조선을 위해서 쓰면 됩니다."
"전하의 내탕금이 이렇게 많았소? 조선의 모든 부를 끌어모아도 이 정도는 아닐 것이오. 솔직히 말하시오."
김홍집의 지적과 물음에 장성호가 김인석을 쳐다봤다. 그리고 김인석이 고개를 끄덕였다.
"말해도 될 것이네."
두 총리에게 어떻게 돈을 번 것인지 알려줬다.
"유과장이 보이지 않는다는 것을 아실 겁니다."
"꽤 됐지. 설마 미리견으로 간 유과장이 벌인 일이오?"

"예. 전하의 내탕금을 가지고 가서 사업을 벌이고 엄청난 이문을 남기고 있습니다. 때문에 수시로 돈을 보낼 겁니다."

"맙소사… 이게 그런 돈이었다니……."

"차후에 미국에서 세운 회사로 조선을 도울 겁니다. 그 전까지 우리가 해야 할 일이 있습니다. 교육과 국방, 상공업 육성에 힘써야 합니다. 전하께서 허락해주신 내탕금을 절대 허투루 써선 안 될 겁니다."

많은 돈이었지만 그 무게가 남달랐다.

나라와 백성을 위해 이희가 내어준 내탕금이었다. 결의 가득한 목소리로 박정양이 말했다.

"우리에게 혜안을 보여주시오. 특무대신이 하자는 대로 하겠소."

그들은 장성호와 유성한, 김인석과 천군이라는 불리는 자들을 믿으며 나라를 위해 힘쓰고자 했다. 장성호가 이희에게 말한 계획을 들려주자 총리들은 감탄했다. 그리고 적절한 방향대로 돈을 쓰고 계획을 실행하기 시작했다.

성한이 미국으로 향한 직후부터 공들였던 교육 정책이 있었다. 교육대학교와 사범대학교를 설립하는 것. 두 학교를 통해 백성들을 교육할 수 있는 초등교육자와 중고등 교육자를 양성하고자 함이었다.

이미 한양과 전주, 청주, 진주, 대구, 동래, 평양, 해주,

함흥에 교육대학교가 설립됐다. 똑같은 고을에 왕립종합대학교가 설립되면서 부속으로 사범대학교가 설립되었다. 한양의 경우 성균관이 조선 최고의 왕립대학교로 설립됐다.

몇 달 뒤, 1898년 1월에 두번째 신입생을 받을 예정이었다. 첫해가 시범적이었으면 두번째는 좀 더 성숙된 교육과정으로 교육자들을 육성하고자 했다.

키워야 할 교육자들은 많았으나 그들을 대학교에서 가르쳐줄 수 있는 인원이 부족했다. 그것을 보완하기 위한 방법이 필요했다.

학부 회의실에 김인석과 장성호, 이완용과 이상재 등이 모여서 앉았다. 학부 관리들이 그들을 따르는 가운데, 이상재가 의견을 냈다. 그는 학부협판으로 대신인 이완용을 보좌하고 있었다.

"교재를 잘 만드는 수밖에 없을 것 같습니다. 언문으로 써서 누구나 읽을 수 있고, 누구든지 이해할 수 있도록 쉽게 만들어야 합니다. 그래야 초기에 부족한 교수들을 보완할 수 있습니다."

이상재의 이야기에 김인석과 장성호가 동감했다. 김인석이 학부 관리들에게 물었다.

"학부협판의 의견에 대해서 어떻게 생각하오?"

나름 과거 시대의 말투로 관리들에게 물었다. 그리고 대답을 들었다.

"좋은 방법인 것 같습니다."

"뛰어난 교재로 보완하는 방법밖에 없습니다. 우부총리 대신."

대답을 듣고 학부의 책임자인 이완용을 쳐다봤다. 처음 만났을 때부터 일절 표정 변화가 없는 얼굴. 생각이나 감정을 읽기가 쉽지 않았다.

결국 그의 변절을 막아내지 못한 것에 그 이유도 포함된다고 생각했다.

'저 얼굴로 무겁게 발하면 신중한 사람이라 여길 것이고, 하는 말마다 믿음을 가지게 될거야. 속에 어떤 음모가 도사리는지 알지도 못한 채 말이야. 그러니 저놈을 쓰면서도 경계해야 돼.'

김인석은 장성호와 똑같은 생각을 했다. 그리고 차별의 기색을 보이지 않으려고 이완용에게 물었다.

"학부대신은 어찌 생각하시오?"

이완용이 대답했다.

"매우 합당하다 여깁니다. 좋은 교재를 만들어서 이 나라의 근간을 다져야 합니다. 학부협판의 의견이 타당합니다."

김인석이 이상재의 의견을 택했다.

"좋소. 그러면 학부협판의 의견대로 교재를 잘 만들기로

하고, 특무대신이 학부협판을 도왔으면 좋겠소. 또한 학부대신은 교육제도를 잘 세우는 데에 힘써주시오. 모든 것이 왕실과 백성들을 위한 것이니 최선을 다해주기 바라오. 회의의 결론대로 시행하겠소."

"예. 우부총리대신."

김인석이 자리에서 일어났다. 그리고 이완용과 이상재를 비롯한 학부의 관리들도 따라 일어났다.

각자의 할 일을 위해서 자리로 돌아갔다.

김인석이 총리부로 향하기 위해서 학부 대문에서 나왔다. 장성호가 그를 배웅하러 나왔고, 김인석이 이상재에 대한 이야기를 했다.

그가 먼저 교재를 쓰자 이야기하지 않았다면 김인석과 장성호가 이야기하려 했다.

"역시 생각이 열려 있으신 분이야. 솔직히 이 시대에서 한글로 가르쳐야 된다고 말하기 쉽지 않은데 말이야. 아직은 한문을 숭배하는 문화가 남아 있어."

"역사로 공부해보니 언변도 뛰어나신 분입니다. 서양에서 비누가 들어왔을 때 반으로 잘라서 먹었다고 합니다. 그래서 사람들이 먹는게 아니고 씻는 거라고 말하니까 뭐라고 말씀하셨는지 아십니까?"

"뭐라고 했는데?"

"속부터 깨끗이 해야 한다고. 속이 더러운데 겉만 깨끗하면 무슨 소용이냐고 하셨답니다. 처음부터 비누가 어떤 물건인지 알고 있었고, 비겁한 사람들에게 그렇게 일침을 놓으셨습니다. 그분과 함께 일할 수 있다는 것이 기대됩니다."

장성호가 역사로 알고 있는 이상재에 대한 이야기를 했다. 그와 마찬가지로 김인석도 큰 기대감을 가졌다. 그리고 총리부로 향하려 했다. 그때 육조거리를 메워서 지나가는 선비들을 봤다.

김인석과 장성호의 미간이 좁혀졌다.

"개혁이라는 말로 모든 것을 부수면 전통은 어째서 있는 것입니까?!"

"과거 시험은 500년 조선의 근간을 이룬 인재등용문입니다! 그것을 폐지하신 것은 나라의 미래를 폐하신 것입니다!"

"통촉하여 주시옵소서! 전하! 조선의 앞날이 참으로 걱정됩니다!"

"통촉하여 주시옵소서!"

광화문 앞에 모인 선비들이 무릎을 꿇고 크게 목소리를 높였다. 광화문은 굳게 닫혀 있었고, 일부 선비들은 이것이 모두 개화 인사들 때문이라고 목소리를 높였다. 박정양과 김홍집을 상대로 독설을 내뿜는 자들도 있었다.

그 모습을 보고 장성호가 한마디 하려 할 때, 뒤에서 목

소리가 울려퍼졌다.

“3년째군요.”

“……?!”

“3년째 저리 시위하다니 지치지도 않나봅니다.”

장성호가 언제부터 뒤에 있었냐고 물었다. 그리고 이상재가 방금 왔다고 말했다.

아무래도 앞에서 두사람이 나눴던 말을 못 들은 듯했다. 안심하며 김인석이 이상재에게 말했다.

“최소 10년, 길면 20년 넘게 급제해보겠다고 공부했던 사람들이지 않소. 갑자기 과거시험이 사라졌으니 혼란스러울 수밖에. 나는 저 사람들의 심정이 이해가 가오.”

“저도 그렇습니다. 그래서 방안을 생각해봤는데 먹힐지, 먹히지 않을지 모르겠습니다.”

“어떤 방안을 말이오?”

“교육대학교와 사범대학교의 신입생으로 받아들이는 겁니다. 유생들을 위한 특시를 마련하고, 난이도를 낮춘 과거시험을 만들어서 입학시험을 치르게 하는 겁니다. 명예에 살고 명예에 죽을 유생들이니 나라의 미래를 위한 대업에 동참하라고 한다면.”

“먹히겠군.”

“학교에서 산수와 과학 같은 것을 가르치면 됩니다. 그리고 후대 양성이라는 꿈을 가진 유생들은 반드시 양학을 거부하지 않고 받아들일 겁니다. 그게 아니라 그저 권력을 탐하는 자들이라면 양학을 거부하기 이전에 대학교에 입학해서 교사가 어떤 직책인지를 알고 의지를 상실하게 될 겁니다. 그러면 결국 교사임용시험에도 낙방하겠죠. 그런 자가 따로 과거시험을 요구할 수는 없습니다. 이미 과거시험을 치르게 된 것이니 말입니다. 저들을 구해야 할 의무가 있지만 저들도 저들 스스로를 구해야 합니다. 허락해주신다면 제가 시험을 준비하겠습니다."

이상재의 이야기를 듣고 김인석이 잠깐 고민했다. 그러다가 장성호에게 물었다.

"어찌 생각하나?"

"동의합니다."

"나도 마찬가지일세. 허면, 함께 시험을 준비해보시오. 내가 전하께 보고하고 학부대신에게 이야기할 테니."

김인석의 말에 이상재가 대답했다.

"알겠습니다."

"유생들에게 다시 꿈을 심어주시오."

"예. 우부총리대신."

다시 이상재가 안으로 들어갔다. 그를 보면서 김인석과 장성호가 마주보면서 웃었다. 역시, 라는 말을 하면서 그가 앞으로 보여줄 일들을 기대했다.

그로부터 열흘이 지나 전국 관아 방문에 유생들을 위한

특시가 마련됐다. 과거시험과 똑같은 시험을 쳐서 교육대학교와 사범대학교에 입학해 조선의 미래를 닦을 수 있다는 글을 보고 유생들이 기뻐했다. 마치 출사의 길이 다시 열리게 됐다는 생각이 들었다.

"후대를 양성할 수 있는 교사라니. 이것만큼 전하와 나라를 위한 일도 없을 거야."

"명색이 관리야. 출사하는데 굳이 이것까지 마다할 필요가 없어."

"특시에 반드시 합격해야 해."

새로운 의지가 새겨졌다. 그와 함께 교사가 됨으로써 권력을 쥐려는 유생들도 있었다.

'교사가 되어서 후대를 잘 가르치면 공이 아니겠어? 그러면 분명히 중앙직으로 자리를 옮길 수 있을 거야.'

'당상관이 되기 위한 발판이 되어야 해.'

한번 교사는 영원한 교사였다. 그 사실을 깨닫는 데에는 몇 달 내지 1년 이상의 시간이 필요했다.

특시가 준비되는 동안 이상재는 장성호와 함께 교재를 만드는 일에 힘썼다. 양학이라 불리는 수학과 과학을 훈민정음으로 잘 설명해 견본 교과서 안에 써넣었다.

그리고 그 일을 장성호가 특별히 담당하는 박은성과 기술팀원들이 도와줬다. 국어 교과서엔 조선의 문학과 번역된 서양의 문학이 적절하게 실렸다. 조선 각지를 알아가는

지리와 국사 등의 견본 교과서도 모두 만들어져서 본격적인 인쇄를 준비하게 됐다.

농상공부를 통해 출판에 뜻이 있는 관리를 찾았고, 그는 동래경무청에서 일하는 '김광제'였다. 김광제는 조정에서 도움을 받아 대구에서 '광문사'라는 출판사를 창업했다. 청나라에서 출판에 쓰이는 인쇄기를 사들여 교육대학교와 사범대학교에서 사용할 교과서를 대량으로 인쇄했다.

그리고 유생들은 교사가 되기 위해 특시를 치렀다. 시험 합격자 명단을 확인하다가 김인석이 놀란 표정을 지었다.

"이 사람이 합격했다니……."

"누구 말입니까?"

"이승만 말이야. 이번에 교육대학교 시험을 쳐서 합격했어. 동명이인이 아니라면 말이지."

"운명이 바뀌었군요."

"조선이 망하지 않을 테니 독립운동가가 될 이유도 없어. 반공을 구실로 독재를 펼칠 일도 없는 거고. 잘됐지. 이승만 외에 유학자 출신으로 독립운동을 벌인 사람들이 시험을 쳤을 거야."

대한민국 초대 대통령인 이승만이 교육대학교 입시 합격자 명단에 이름을 올렸다. 그 외에 과거시험에 인생을 걸었던 많은 유생들이 시험을 치르고 합격했다. 그들은 새해 신입생이 될 준비를 마치며 부푼 꿈에 빠져들었다.

학부에 인쇄된 교과서들이 놓여 있었다. 장성호와 이상재가 교과서를 살폈다.

이상재가 손에 들고 있던 과학 교과서를 들고 몹시 만족스러운 표정을 지었다. 그 모습을 보고 장성호가 물었다.

"뭔가 재미난 것이 있습니까?"

이상재가 대답했다.

"이제야 제대로 가르칠 수 있겠다 싶어서요. 백성들이 아직 기우제를 믿고 무당을 믿잖아요. 솔직히 미신이죠. 제사 지내다가 비올 때 되어서 비가 내리면 그것이 기우제 덕분인 줄 압니다. 하지만 이 교과서를 익힌 교사들로부터 가르침을 받고, 날씨의 원리를 알게 되면 더 이상 미신에 빠져들 일도 없을 겁니다. 다소 시간이 걸리겠지만 분명히 변할 겁니다. 그것이 너무나 기쁩니다."

자신이 기뻐하는 이유를 말하고 한마디를 더했다.

"이 나라 교육자들부터 깨어 있어야 합니다. 그래야 아이들이 깨어나고, 그 아이들이 어른이 되어서 후대를 깨우칩니다. 우리가 그 시작점에 있습니다."

바다같이 넓은 기상과 태산보다 큰 사명감으로 대업을 이루려고 했다. 이상재와 함께 일할 수 있다는 사실에 장성호는 큰 영광을 느끼면서 만년대계의 주춧돌을 놓기 시작했다.

그와 조정의 문관들이 교육에서 힘쓰는 동안 유성혁과

해병대 대원들은 무너졌던 조선군을 세우고 있었다. 서대문 별기군 교장이 육군사관학교로 탈바꿈했다. 조선의 모든 장교가 그곳에서 새로 훈련을 받았다. 고함 소리가 연병장을 채우고 있었다.

단상 위에 오른 여인이 크게 목소리를 높이고 있었다.

"자세 무너지지?! 다리 똑바로 못 펴?! 이것도 못 견디면서 승패가 갈리는 최후의 5분은 무슨 수로 견디나?! 어서 펴!"

"흡! 으읍……!"

"교관들 뭐하나?! 자세 제대로 잡지 않는 교육생들 열외시켜!"

해병대 2분대 분대장인 이주현이 시위대 장교들을 훈련시키고 있었다. 모두가 땅에 누운 상태로 다리를 비스듬하게 펴고 자세를 유지하면서 비명을 지르고 있었다.

자세를 제대로 잡지 못한 장교들이 검은 모자를 쓴 해병대 대원들의 지시를 받고 옆으로 빠져나왔다. 그들은 그곳에서 땅바닥을 구르기 시작했다.

"앞으로 취침. 뒤로 취침. 동작 느립니다. 뭐합니까? 유격 10번 체조 준비."

"준비!"

"유격 훈련 때는 대답을 유격이라고만 말합니다! 유격 11번 체조 준비!"

"유격!"

"20회 시작!"

호각 소리가 울려퍼졌다. 뱃살 나온 불혹의 장교가 마치 메뚜기가 뛰듯이 폴짝폴짝 뛰었다. 머리가 하늘에 닿을 정도로 뛰어야 자신을 열외 시킨 교관으로부터 괴롭힘을 덜 받을 수 있었다. 1회 실시에 4번을 뛰어야 했기에 20회를 뛰고 나면 거의 다리가 풀릴 수밖에 없었다. 그 상태에서 다시 바닥에 누워서 다리를 비스듬하게 든 자세를 취해야 했다. 온몸 비틀기로 허리를 좌우로 틀어댔다.

'세상에 이게 훈련이야……?!'

'총만 잘 쏘면 되는 줄 알았는데……!'

'몸부터 만든다더니 아예 부서지겠어……!'

"크윽……!"

신음을 토해내면서 열외 된 장병들이 괴로워했다. 체력부터 다진다는 말에 가볍게 훈련에 임했다가 이틀도 안 되어서 혀를 내두르게 됐다. 그들은 속으로 욕하면서 이건 절대 훈련이 아니라고 생각했다.

군기를 잡기 위한 기합이라고 생각했다. 그때 주현과 마찬가지로 소리를 지르는 여자 교관들이 있었다. 이윤성과 5명의 해병대 대원들이 검은 모자를 쓰고 훈련받는 장교들을 감시하고 있었다. 그러다가 자세가 무너지는 장교가 있으면 즉시 달려가서 소리쳤다.

"자세 잡습니다!"
"유격!"
"말로만 유격유격 하지 말고 빨리 자세 잡습니다!"
"유겨억~!"
"28번 교육생 열외!"
"……?!"
참다못한 한 장교가 몸을 일으키면서 소리쳤다.
"빌어먹을! 못 해먹겠네! 대체 천군이 뭐기에 여자 따위가 우릴 굴려?!"
"……?!"
"네년들이 그렇게 잘 싸워?! 한번 붙어볼까?!"
막 이립을 넘긴 것 같은 한 장교가 열을 내며 팔을 걷어올렸다. 그 모습을 보고 다른 교육생들은 숨죽였다.
체격이 매우 좋은 교관 한명이 훈련받던 장교 앞으로 와서 목소리를 깔았다.
"죽고 싶어서 환장했군. 뒈지고 싶지?"
"……."
당장이라도 얼굴에 주먹이 날아들 것 같았다. 그때 이주현이 교관의 어깨를 붙들었다.
"나와, 박정엽."
"하지만 유격대장님."
"이 새끼가 지금 상관을 능멸한 게 아니라 꼴에 남자라고

여자를 비하했어. 그딴 편견은 불명예 제대시킨다고 바뀌는 편견이 아니야. 철저하게 정신을 뜯어고쳐야지. 박살내버릴 테니까 자리나 만들어."

"……."

"어서!"

"알겠습니다……."

정엽이 교관들과 함께 훈련받던 장교를 밀어냈다. 그리고 그들 앞에 주현이 싸울 수 있는 자리를 마련했다.

모두가 숨죽인 시선으로 지켜보기 시작했다. 주현이 크게 긴장한 장교에게 이름을 물었다.

"너, 이름이 뭐지?"

"……."

"아까 전에는 자신 있게 소리치더니 쫄았어?"

"쫄긴, 누가! 내 이름은 오장성이다!"

"오장성~ 오호. 이름 한번 쌈박하네. 그런데 내가 기억 못하는 걸 보니까 내 인생에 널 그리 중요하게 생각하지 않았나봐. 발에 치이는지 안 치이는지도 모를 길가의 조약돌 같은 존재라서."

" !"

"그걸로 발끈하다니 속 좁은 남자로군. 자신 있게 여자를 이길 수 있다고 생각하는 모양인데 한번 이겨봐. 얼마든지 상대해줄 테니까."

"후회하게 될거다!"

"네놈이야말로."

조선 사람 치고 덩치 깨나 있는 오장성이 싸움 자세를 취하고 주현의 빈틈을 찾았다. 그리고 달려들면서 얼굴에 주먹을 내질렀다.

주현은 오장성이 팔을 뻗길 기다리다가 그의 주먹이 얼굴 쪽으로 오자마자 슬쩍 피하면서 팔을 붙잡았다. 그리고 오장성의 몸을 들어올리고 한발로 두 다리를 건 뒤 넘어뜨렸다.

업어치기가 제대로 들어가면서 오장성의 등이 땅에 부딪혔다. 헉 소리가 일어나면서 오장성이 숨을 쉬지 못했다. 이내 그의 팔이 어깨 뒤쪽으로 젖혀졌다. 고통스러워하면서 오장성이 발악했다.

"윽! 놔… 놔!"

"끝까지 가야지. 안 그래?"

뿌득!

"아악! 아아악……!"

주현은 오장성의 어깨를 완전히 뒤로 돌려서 탈골시켰다. 관절이 빠질 때의 소리가 다른 장교들에게 들릴 정도로 섬뜩했다.

반발한 장교의 한쪽 팔을 못 쓰게 만들고 땀 한방울 흘리지 않은 이주현이 몸을 일으켰다. 그리고 비웃음을 지우고 불벼락 같은 호통으로 오장성의 정신을 깨웠다.

"시대가 어느 시대인데 감히 남녀를 운운하는 거야?! 지금 내 손에 총이 있었으면 네놈 대가리가 터져도 진즉에 터졌어! 그렇게나 사람 죽이기 쉬운 시대가 지금의 시대다! 네놈이 우습게 여기는 여자가 방아쇠 한번 당기면 순식간에 사살당해! 그런데, 뭐?! 여자 따위가 막 굴린다고? 이 새끼가 미쳤나?!"

"으윽……!"

"다시 말해봐. 여자가 뭐라고?"

"윽……!"

주현이 군홧발로 오장성의 머리를 누르면서 밟았다. 그러자 오장성이 비명과 신음을 토해면서 자신이 취한 행동을 돌아봤다. 그때 박정엽이 급히 이주현에게 말했다.

"유격대장님."

"왜?!"

"군부협판께서 오셨습니다."

정엽의 보고를 듣고 이주현이 고개를 돌렸다.

20보 거리에서 군부협판이 된 유성혁이 부소대장과 군부 관리들과 함께 걸어오고 있었다. 주현이 발을 떼고 그에게 거수경례를 했다. 성혁이 경례를 받아주면서 금방 지켜봤던 것을 물었다.

"유격대장."

"예! 협판 대감!"

"지금 대체 무슨 짓인가? 아무리 교육생이 자네 발밑에 있다지만 그런 식으로 뭉개버리다니."

엄연히 폭행이었다.

성혁의 물음에 주현이 무슨 일로 오장성을 짓밟았는지 알려줬다.

"이놈이 훈련을 받다가 여자 따위라고 말하면서 항명했습니다."

그 말을 듣고 성혁이 장교들에게 물었다.

"사실인가?"

주저하다가 훈련을 멈춘 장교들이 말했다.

"예… 사실입니다."

"오장성 부위가 유격대장께 여자 따위라고 말했습니다."

대답을 듣고 성혁이 주현에게 지시했다.

"일으켜 세워."

"예. 협판 대감."

정엽을 비롯한 교관들이 일으켜 세우자 오장성이 비명을 질렀다. 그의 어깨가 탈구된 것을 보고 성혁이 적절한 조치를 취하라고 말했다.

군에서 일어난 일은 끝까지 책임져야 한다고 생각했다.

"제중원에서 치료할 수 있도록 후송하라."

"예. 대감."

그리고 아파서 인상을 찌푸리는 오장성에게 말했다.

"병사로 강등될 것이네."

"예……?"

"네놈은 장교로서의 자격이 없어. 그리고 전시였다면 즉시 총살됐을 거야. 살아 있는 것에 감사히 여기고, 다른 일을 알아봐. 제대시켜줄 테니."

"대… 대감……?"

"자네 어머니도 여자일세. 앞으로는 자처해서 불효자가 되지 말게."

"대감……!"

"퇴학시켜."

"대감! 죄송합니다! 제가 잘못했습니다! 그러니 한번만 용서를…! 대감……!"

주현에게 대들었던 오장성이 불명예제대를 당하고 교관들을 통해 끌려 나갔다. 그의 오열과 애원이 멀어졌다. 지엄한 군율 앞에서 장교들이 바짝 얼어붙었다.

성혁 대신 부소대장이 주현에게 경고했다.

"앞으로 불복하는 장교들이 있으면 네 손을 더럽히지 말고 보고해. 성질대로 군율 어지럽히지 말고."

"예. 부소대장님."

"계속 훈련시켜."

"예."

부소대장의 이름은 '이응천'이었다. 근육으로 몸이 다져져서 다소 덩치가 있는 이응천이 성혁을 대신해서 해병대 소대를 책임지고 있었다.

성혁에 의해 충돌은 마무리되었고, 주현은 실력과 권위로 장교들을 누르면서 다시 훈련을 진행시켰다.

"이제부터 경고는 없다! 말 안 들으면 모조리 퇴학이며 불명예제대다! 조선의 수호자로 남고 싶으면 지엄한 군율에 반항하지 마라! 알겠나?!"

"예! 유격대장님!"

"훈련을 실시한다!"

군령이 떨어지자마자 다시 훈련이 재개됐다. 그리고 연병장에서 다시 비명 소리가 울려퍼졌다. 장교들은 더 이상 오장성과 같은 생각을 가질 수 없었다.

자신들보다 뛰어난 여자들이었다. 어느덧 그것이 익숙해지면서 자연스러워졌다. 그리고 한달동안의 유격 훈련이 끝나자 기름졌던 장교는 배가 홀쭉해졌고, 다소 몸이 여렸던 장교는 근육이 붙으면서 단단해졌다.

장교들은 저녁 식사를 하고 사관학교에 지어진 목욕탕에서 자신의 몸을 감상했다. 뱃가죽으로 빨래를 할 수 있을 것 같았다.

"배 좀 눌러봐. 단단하지?"

"그래. 그런데 너만 그런게 아냐. 나도 단단하다고."
"가슴 봐라. 이야. 허벅지는 또 어떻고."
"이게 다 유격 체조 덕분이야. 온몸을 뒤틀면서 격하게 운동하니까 몸이 만들어지긴 하네. 처음에는 군기 잡는 줄 알았었는데."
"유격대장님의 말씀이 맞았어. 한달 지나면 몸이 바뀔 거라 말씀하셨는데 이제야 실감이 가. 이제 어떤 훈련을 받아도 지치지 않을 거야."
체력은 모든 전술의 기본이었다. 기본부터 다지고 본격적으로 사격 훈련과 전술 훈련을 받기 시작했다.
사격 훈련을 벌일 때는 이윤성과 여자 교관들이 장교들을 격려했다.
"좀 더 빨리! 빨리!"
탕!
"좋아! 잘 쐈어! 어서 다음 위치로!"
고정된 표적을 쏘지 않고 움직이면서 과녁을 쏘아야 했다. 뛸 때는 몸을 잔뜩 낮추고 뛰다가 총을 쏴야 하는 곳에서 한쪽 무릎을 꿇거나 엎드려서 쐈다. 그리고 나무 뒤에서 몸을 숨긴 상태로 총을 쏘기도 했다.
그 모습을 대기하고 있던 장교들이 지켜보고 있었다. 그들은 처음 교관 시범을 봤을 때의 기억을 떠올리고 있었다.

'저게 사격술이라고?!'

'움직이면서 쏘다니, 어떻게 저런 사격을…!'

시범을 보고 충격 받았던 적이 있었다. 두 장교가 서로 이야기하면서 새로운 사격 훈련법에 대해서 이야기했다.

"정말 볼 때마다 신기합니다. 우리가 일본 교관으로부터 배운 사격술은 일렬로 서서 일제 사격을 하고, 근접하면 총검 돌격을 벌이는 것이었는데 말입니다. 그것과는 전혀 다른 사격술입니다."

"임기응변을 늘리기 위함이지. 대부대 단위로 싸울 때는 그렇게 배운 대로 싸우는 것이 맞지만 전장이라는 것이 때론 마을이 될 수도 있고 산이 될 수도 있는 법이니까. 그리고 그런 전장에서 싸워 살아남으려면 몇 번의 죽을 고비를 지나쳐야 해."

"실전 경험으로 배우기에는 목숨이 너무 아깝습니다. 그렇게 배우기보다 이런 훈련으로 익히는 것이 낫습니다."

"어째서 천군이 일본군을 박살냈는지 알겠어."

시위대 지휘관으로 다이 대장과 반군, 일본군을 상대로 싸웠다가 패한 장교였다. 이름은 '현흥택'이었고, 계급은 정령(正領)이었다. 그와 이야기를 나눈 장교는 해병대 대원들만큼이나 키가 큰 장교로 이름은 '윤웅렬'이었다. 계급은 부위(副尉)였으며, 그의 곁에 하급 장교인 '박승환' 참위(參尉)가 있었다.

세사람은 조선군의 미래였다. 그리고 차례가 오자 교관들의 시범을 기억하면서 출발선에서 달려 나가 소총 사격을 벌였다.

그들은 지형지물을 이용해 엄폐하면서 과녁을 일발에 명중시켰다. 끝 지점에 도달했을 때는 지켜보고 있던 다른 장교들로부터 환호를 받았다. 뛰어난 개인전술을 선보이면서 부대전술 훈련 때보다 큰 기대감을 가지게 만들었다.

부대 전술 훈련도 장교들이 여태 배워왔던 일본군의 전술과 달랐다. 이주현이 직접 교육을 맡았다.

"공격 시에는 부대가 크건 작건 혹은 두명밖에 없을지라도 기습과 기만, 포위섬멸을 기본으로 한다. 적이 예측할 수 없는 시간에 기습을 가하고, 한쪽이 조공을 맡으면 다른 쪽은 주공을 맡아 조공이 시선을 끌 때 적의 취약한 곳을 때려 부수고 진격한다. 적이 주공을 파악할 수 없도록 조공이 기만전을 잘 펼쳐야 한다. 만약 적이 약하다면 양쪽 다 주공을 맡아서 섬멸전을 벌이고, 적이 강하다면 무리하게 공격하지 않고 전선 대치를 한다. 이를 기본으로 진격과 점령 훈련을 벌이겠다. 모두 화기를 들어. 모의 부대 전술 훈련이다. 탄약은 장전하지 않는다."

칠판에 분필로 부대 전술 훈련을 설명했다. 주현의 설명에 따라 장교들이 무라타 소총을 들었다. 그들은 육군사관학교에서 가까운 산으로 향했다. 그곳에서 공격과 수비 훈련을 벌였다.

"적의 뒤를 친다! 돌격!"

"와아아아~!"

계급이 높은 현흥택이 명령했다. 그를 따라 장교들이 조공에 속은 수비 부대의 취약한 곳을 뚫고 들어갔다. 교관인 해병대 대원들은 통제관이 되어서 판정을 내렸다. 결국 깃발을 차지한 현흥택의 주공이 두세명의 전사자를 내고 수비 부대의 지휘부를 궤멸시켰다.

휴식을 벌일 때 현흥택이 박승환에게 물었다.

"이번 훈련에 대해서 어찌 생각하나?"

"경험해본 적 없는 훈련입니다. 여태 총을 잘 쏘고 병사들을 잘 통솔하는 것만 생각했는데, 이런 부대 전술 훈련을 제대로 배운 것은 처음입니다."

"대대장이 되고 나서야 이런 전술을 생각할 수 있어. 참위인 자네가 이렇게 싸우기 위해선 숱한 전장에서 살아남아야 할 수 있네. 그런 점에서 육군사관학교에서의 가르침은 정말 좋은 가르침이야. 이를 잊고 있었던 내게도 말이야. 정말 열심히 배워서 조선군의 기둥이 되게."

"예. 대대장님."

총성이 울려퍼지진 않았지만 훈련을 받는 장교들은 실전같은 훈련을 받고 있다 생각했다. 모두가 만족스러운 표정을 짓고 있었다. 훈련이 끝나면 비록 소수이지만 진정으로 강한 지휘관이 될 수 있다 생각했다.

그런 장교들을 보면서 주현은 괜히 기분이 좋아졌다. 그리고 아쉬운 점이 생각났다.

"무기만 좋은걸 쥐면 참 좋을 텐데."

곁에 있던 박정엽이 말했다.

"조만간에 무기도 생산한다는 이야기를 들었습니다. 스페인 상인과 청나라 상인들을 통해서 소총을 제작하는 기계들을 밀수했다 들었습니다. 마우저 소총이라고 들었습니다."

"M1893 스패니쉬 마우저 소총이지. 구경 7미리 탄을 5발 장전해서 쏠 수 있어. 아마 우리가 제작한다면 적어도 동아시아에서는 가장 좋은 소총이 되겠지. 지원화기만 받쳐준다면 어떤 나라도 이길 수 있어."

"화포도 말입니다."

"알아서 준비할 거야. 우리는 장교들만 잘 키워내면 돼."

"예. 분대장님."

조선은 직접 생산을 위해 무기 제작에 필요한 기계들과 설계도를 밀수하고 있었다. 성한이 넘겨준 자금을 뇌물로 썼고, 세상 반대편에서 설비들을 들여와 무기 생산을 벌이려고 했다.

군부 회의실에 조선 관리들이 모였다. 우종현을 비롯한 해병대 1분대가 회의실이 있는 건물 주위를 지키고 사람들의 접근을 막았다. 회의실에는 박정양과 김홍집, 군부 대신인 안경수, 장성호, 박은성이 함께했다.

탁자 위에 설계도를 펼치며 박은성이 설명했다.

"덕국의 마우저 소총입니다. 그리고 이것은 영길리에서 미리견 사람에 의해 개발된 맥심 기관총입니다. 불란서의 75mm구경의 야전곡사포 설계도도 있습니다. 이것만으로도 조선군은 상당히 강해질 수 있습니다."

3장의 설계도 위로 사람들의 시선이 꽂혔다. 설계도를 확인한 안경수가 장성호에게 물었다.

"소총과 기관총을 제작하는 기계만 밀수한 줄 알았는데 불란서의 화포 제작 기계도 밀수한 것이오? 설계도가 있다는 것은……."

"아라사 상인들이 도와줬습니다."

"어디에 있소?"

"소총과 마찬가지로 해주에 건설되고 있는 병기창에 보내졌습니다."

대답을 듣고 안경수가 고개를 끄덕였다. 그리고 환하게 웃으면서 몹시 흥분했다.

"이제 우리도 양이와 똑같은 무기로 무장할 수 있겠군!"

김홍집이 걱정을 내비쳤다.

"겨우 설계도와 무기를 만들 수 있는 기계일 뿐이오. 문제는 강철을 생산해야 되는데 제련 시설은 둘째 치고 막대

한 양의 철광석을 채광해야 하오. 철광석 채광을 위한 방도를 찾아야 하오."

그의 말에 박정양이 동의했다. 두사람은 조선 밖의 나라들을 보고 왔고, 특히 미국이라는 나라가 건축에 있어서 세계 최고라는 것을 알고 있었다. 전권주미공사로 박정양이 몇 달 동안 미국에서 머문 적이 있었다.

두사람의 우려를 듣고 장성호가 슬쩍 미소를 보였다가 지웠다.

"사실, 점찍어놓은 철광상들이 있습니다."

"음? 어디에 말이오?"

"함경도 무산과 황해도 재령입니다. 무산의 경우 얕은 땅 아래에 있어서 채광이 쉽지만 지형이 험준한데다가 아라사와 청나라에 가깝습니다. 반면 재령은 광상이 땅 아래에 있지만 한양에 그나마 가깝고 평양에도 가깝습니다. 해주에 병기창을 두는 이유는 재령의 철광상을 쓰기 위함입니다."

"그것은 또 어떻게 알았소?"

"옛 고려에서 채광했다는 사가의 기록을 확인하고 추적했습니다."

천군이라는 존재가 참으로 신기했다. 많은 비밀을 가지고 있었지만 능력만큼은 출중했다.

그는 장성호를 믿으면서 재령에 철광상(鐵鑛床)이 있다

고 생각했다. 그러나 그것만으로 모든 문제가 해결되는 것은 아니었다.

"어떻게 땅 아래를 뚫을 것이오?"

질문을 받고 성혁이 대신 대답했다.

"사실 채광을 위해 서양에서 쓰는 것을 하나 발명했습니다."

"무엇을 말이오?"

"다이너마이트라 불리는 폭약입니다. 아, 발명이라는 말보다 개발이 어울릴 것 같습니다. 최초는 아니니 말입니다. 여기 기술부상이 개발했습니다."

사람들의 시선이 박은성에게 향했다. 사람들의 주목을 받으면서 박은성이 미소를 지었다.

"시연하죠?"

그로부터 이틀이 지났다. 박은성의 기술부와 연합했던 농상공부의 주도로 폭약 발파 시범식이 열리게 됐다. 북쪽 대궐 후원으로 대신들이 모이고 관람석 중앙에 이희와 민자영이 앉았다.

이번에도 이하응은 참여치 못했다.

박은성이 전선이 연결된 다이너마이트를 후원 중앙에 파놓은 구덩이 속으로 던져 넣었다. 구덩이에는 물이 채워져 있었다. 박은성은 신속히 주위에서 벗어났고, 조선에 남은 화학팀원 중 한사람이 건청궁에서 따온 전기선을 폭약

에 연결된 전선에 붙였다.

그러자 펑! 하는 소리가 일어나면서 물기둥이 치솟았다. 땅이 세차게 흔들렸고 앉아 있던 관리들이 벌떡 일어났다.

손바닥 크기만 했던 폭약이 물기둥을 솟게 했다.

"세상에!"

"그 작은 폭약이 저런 위력을 보이다니!"

박정양과 김홍집이 놀랐고, 군부대신인 안경수와 외부대신인 이범진도 함께 놀랐다.

이희와 민자영도 순간 숨을 멈출 정도로 폭약의 위력은 강력했다. 그 위력을 실감한 이희가 박은성을 크게 칭찬했다.

"대단하다. 참으로 대단한 위력이었다. 이제 조선에서 생산하는 폭약으로 광상을 채굴하면 되는 것인가?"

"예. 전하."

"그동안 철이든 동이든 광석을 쉽게 구하지 못해서 전전긍긍했는데, 이제 그 걱정도 끝이로군! 참으로 큰일을 해줬다!"

"성은이 망극하옵니다. 전하."

대신들 또한 그 위력을 보고 쓰임새가 많을 것이라고 생각했다. 궁내부대신인 이경직이 이희에게 폭약의 가능성을 말했다.

"광석을 캘 때만 아니라 군부에도 크게 쓰일 것 같습니다. 폭약을 대량 생산해서 쓰셔야 됩니다. 전하."

그 말을 듣고 이희가 김인석에게 물었다.

"대량 생산은 가능한가?"

"이미 준비를 마친 상태입니다. 해주에 폭약 공장도 새로 지어졌습니다."

"그러면 그 폭약으로 각종 광석을 채광하고, 군부에서 폭약을 이용하는 새로운 무기를 구상하라."

"어명을 받들겠습니다. 전하."

성한과 장성호가 세웠던 계획대로 조선을 발전시키고 있었다. 박은성의 화학기술팀원들이 폭약을 어렵지 않게 생산하는 법을 알고 있었다. 그들은 글리세롤과 질산을 만들고 규조토를 더하면서 대량의 다이너마이트를 만들어냈다.

그리고 장성호가 직접 조선 상인들을 만났다. 나라와 백성에 보탬이 될 수 있는 지주들도 부르고, 그들을 기업가로 만들 생각이었다. 조선 상공업의 기둥으로 만들려고 했다.

총리부 회의실에 상인들과 지주들이 불려왔다. 그들은 긴 탁자에 온 순서대로 나란히 앉았고, 회의실을 돌아보며 풍경을 눈에 익혔다. 그리고 이미 알고 있는 사람들과 인사하며 반가워했다. 처음 만난 사람들은 처음 만난 대로 인사를 나눴다.

"연배가 있으신 것 같습니다. 평양 남강운송사의 이승훈 사장입니다."

"경주에서 온 지주, 최만희라 합니다."

"말씀 놓으셔도 됩니다. 제가 훨씬 어립니다."

"그래서야 되겠습니까? 아무리 나이가 내가 많다고 해도 사장은 사장입니다. 존대하는 것이 지당합니다."

"높여주셔서 감사합니다. 혹시, 경주에서 이름을 널리 알리는 가문의 문주이십니까?"

"예. 그렇습니다."

"오. 정말 영광입니다. 고명의 문주를 뵙게 되어 너무 기쁩니다. 문중의 가르침은 제게도 정말 깊은 감명을 주었습니다."

사방 100리에 굶어죽는 사람이 없게 하라는 것이 경주 최씨 가문의 가르침이었다. 모인 사람들 중에서 최만희는 두번째로 나이가 많았고, 얼굴에 스며든 주름이 오히려 인덕이 되고 있었다. 그리고 빛나는 눈동자는 정직한 마음을 드러냈다.

그의 가문으로부터 가르침을 얻은 젊은 상인 이승훈은 조선의 대지주와 거상을 만나면서 큰 기대감을 가졌다.

실로 조선을 움직이고 일으킬 수 있는 위인들이었다.

잠시 후, 문이 열렸다. 장성호가 김가진과 농상공부 관리들과 함께 들어왔다. 최만희와 이승훈이 일어서서 허리를 굽혔다.

대신인 장성호도 허리를 굽히자 김가진과 농상공부의 관리들도 눈치를 보다가 허리를 굽혔다.

장성호가 자신과 관리들을 소개했다.

"특무대신을 맡고 있는 장성호입니다. 그리고 이분은 여러분들과 앞으로 긴밀한 관계를 유지하며 함께 일하실 농상공부대신입니다. 만나게 되어서 반갑습니다."

"뵙게 되어 영광입니다. 대감."

"그럼 소개는 어느 정도 이뤄졌으니… 우선 여러분들께 보여드릴 것이 있습니다. 잠깐 기다려주십시오."

"……?"

장성호가 관리들에게 상자들을 가지고 와달라고 말했다. 그러자 관리들이 낑낑거리면서 상자들을 들고 들어왔다.

탁자 옆에 내려진 상자들을 열자 이승훈을 비롯한 사람들의 눈이 휘둥그레졌다.

최만희가 장성호에게 물었다.

"이… 이것은 무엇입니까…? 대감?"

장성호가 대답했다.

"군자금입니다. 그 돈을 지원받고 인부들을 고용해서 건설을 벌이시기 바랍니다. 자재는 조정에서 차린 공기업에서 생산할 겁니다."

상자 속의 금괴가 반짝였다. 조선 상인들은 자신들이 본 금덩이의 수백배가 넘는 이득을 바라봤다.

무언가 일어날 것이라는 생각이 들었다.

내부 아래로 '국토자원청'이라는 관청이 설치됐고, 다시 아래로 '조선광업'이라는 국립회사가 창업되었다. 동시에 '해주병기창'이 군부 아래의 관청으로 설치됐다.

'해주제철소'와 '조선화약'이라는 이름의 국립회사도 창업됐다.

한옥으로 지어진 건물이 공장이 되면서 박은성의 화학기술팀이 폭약 생산에 일조했다. 니트로글리세린과 규조토로 만들어진 다이너마이트가 재령 철광산 안에서 발파됐다.

조각난 철광석들이 손수레에 실려서 밖으로 빠져나왔다.

철광석들은 해주의 제철 시설에서 철괴로 모습을 바꾼 뒤, 다른 새로운 쓰임새를 찾았다.

철괴는 해주병기창으로 보내지거나 철근을 생산하는 이웃 시설로 보내졌다. 그리고 일부는 긴 철근으로 모습을 바꿔서 사람들이 편히 건널 수 있는 다리의 뼈대가 되었다.

평양에서 운송을 벌이던 이승훈이 건설회사를 새로 차려서 인부들을 고용했다. 인부들은 이승훈과 함께 농상공부 아래에 설치된 '산업진흥청'에서 건설 교육을 받았다.

그리고 해주제철소와 마찬가지로 새로 창업한 '조선석회'로부터 시멘트를 납품받았다. 얕은 하천에 모래를 쌓고, 그 속에 구덩이를 파서 철근을 세운 뒤, 모래와 물을 섞은 시멘트를 부어서 교량의 기둥을 만들었다.

그 후 사람들이 지날 수 있는 다리를 만들기 시작했다.

미리 만들어진 교량 블록을 기둥 위에 올리는 것이 아니라 하나부터 열까지 모두 손으로 건설하고 있었다.

공사를 직접 감독하는 이승훈이 소리치면서 만족을 나타냈다.

"좋아! 다음 칸도 계속 콘크리트를 부어! 굳으면 수레는 거뜬히 지나갈 다리가 될거야!"

그가 외치는 모습이 광문사에서 발행한 신문 전면에 실렸다. 교과서 제작에 힘을 힘썼던 회사가 이제는 언론사가 되었다.

그들이 조선에서 일어나는 일들을 만백성에게 전하고 있었다.

협길당의 이희가 광문일보를 읽었다. 그리고 크게 기뻐하며 환하게 웃음지었다.

"서양의 방식으로 조선에서 건설한 최초의 다리라니. 비록 사람만 건널 수 있는 20보 길이의 짧은 다리이지만 이 경험이 10년 뒤에는 크게 쓰일 것으로 생각된다. 아니 그

러한가?"
"예. 전하."
"그동안 엉망이었던 길도 정비되고 있고, 이 모든 것이 참으로 꿈만 같다. 참으로 깨어나지 않았으면 한다."
이희가 김인석에게 말하며 환하게 미소지었다. 그리고 눈물을 글썽였다. 기쁨의 눈물을 보이면서 감격스러워했다. 곁에 있던 민자영도 이희가 느끼는 감정을 그대로 받았다.
더 큰 미래의 희망을 기대하고 있었다.
"좀 더 큰 다리를 지을 수 있게 되면, 그땐 정말로 철도도 건설할 수 있겠어. 열강의 전유물인 기차가 조선에서 달리는 것을 빨리 보고 싶다. 과인이 기차를 타고 의주와 동래 백성들을 보러갈 것이다."
이희가 목에 힘을 주며 말했다. 조선을 다스리는 왕으로 한양 부근의 백성들도 보기 쉽지 않았는데, 1000리 길 너머의 의주와 동래는 말할 필요도 없었다.
진정으로 백성들이 어떤 삶을 사는지 알고 싶었다. 그들의 목소리를 듣고 백성을 위한 정치를 하고 싶었다.
그 마음을 확인한 김인석이 이희에게 기운을 불어 넣어 줬다.
"전하께서 기차를 타고 친히 행차하신다면 백성들이 기뻐하며 전하께 충성을 바칠 겁니다. 그런 내일이 올 수 있도록 최선을 다하겠습니다.”

김인석의 말에 이희가 다시 감동을 느꼈다.

조선에서 본격적으로 일어나는 건설 소식을 전하고 김인석이 협길당에서 몸을 일으켰다. 그리고 이희에게 허리를 굽히며 인사한 뒤 밖으로 나왔다.

희소식을 전하면서도 걱정스러운 점이 있었다.

‘대원위 대감이 안 보이시는구나. 요즘 편찮으시다 하던데…….’

그동안 정정했던 흥선대원군이었다.

이희와 민자영과 함께 환웅함의 사람들을 알고 있는 사람.

누구보다 세던 고집을 꺾고 자신이 가진 모든 권력을 내렸던 사람이었다.

그가 더 이상 대궐에 입궐하지 않고 있었다. 그 사실을 깨달았을 때, 멀리서 급히 달려오는 궁내부 관리가 보였다.

이상한 느낌이 머릿속에서 일어났다.

“왜 이리 급히 가는 것이오?”

“전하께 급히 알려드릴 것이 있어섭니다! 대원위 대감께서 위급하십니다!”

“……?!”

협길당으로 들어간 관리가 이희에게 이하응이 위급하다

는 사실을 알렸다.

그 소식을 듣고 이희가 다급히 밖으로 나와 신도 제대로 신지 않고 광화문을 향해서 달렸다.

왕과 왕후가 탄 마차가 이하응의 별장이 있는 공덕으로 향했다. 그리고 마차에서 내린 이희가 울먹이는 하인들의 인사를 받고 급히 안채로 향했다.

함께 이하응의 별장으로 온 김인석이 관리들과 시위대 장병들에게 별장 주위를 지키라고 지시했다. 그리고 잠시 후 박정양이 장성호와 함께 별장으로 왔다.

"우부총리대신."

"총리대신."

"어떻게 된 것이오? 대원위 대감께서 위급하시다니?"

박정양의 물음에 김인석이 장성호와 시선을 주고받으며 대답했다.

"노환이신 것 같습니다. 아무래도 많이 힘드실 것 같습니다."

이희가 직접 안방의 문을 열었다. 방 중앙에 이부자리가 깔려 있었고, 그 위로 누운 이하응이 숨을 가쁘게 쉬고 있었다.

이하응을 보살피던 하인들이 이희를 보자 일제히 자리에서 일어났다. 그들의 인사를 받으면서 이희와 민자영이 이하응의 곁에 앉았다.

계속 서 있는 하인들에게 이희가 말했다.
"앉으라."
"하오나……."
"어명이다."
"예……."
"그리고 아버님은 현재 어떤 상태이시냐?"
왕의 물음에 하인들이 떨리는 목소리로 대답했다.
"요 며칠동안 몸이 많이 쇠약해지셨습니다… 그러다가 이틀 전부터 갑자기 몸이 안 좋아지셔서… 아침에는 괜찮은 듯 일어나셨다가 혼절하셨습니다. 그리고 이렇게 쓰러지셨습니다… 보필하지 못한 저희들의 잘못입니다. 죽여주시옵소서……."
자책하는 하인들에게 이희는 그들의 탓이 아니라고 말했다.
"아버님께서 쇠약해지셔서 일어난 일이 어찌 너희 책임이더냐. 아버님의 연세가 고희를 넘기신 바, 너희들이 보필했을지언정 결코 잘못은 없다. 그러니 자책하지 마라."
"전하… 성은이 망극하옵니다… 그리고 죄송합니다……."
"……."
하인들이 눈물을 흘렸다. 그리고 이희는 안쓰러운 시선으로 이하응을 지켜봤다.

거칠게 숨 쉬며 기침을 몇 번 하던 이하응의 눈이 떠졌다.

힘없는 시선이 이희와 민자영에게 향했다. 이희가 놀라서 엉덩이를 일으켰다.

"아버님."

"주상……."

"아버님, 소자입니다. 알아보시겠습니까?"

"주상… 대궐에 계셔야 할 주상이… 이곳엔 어인 일이시오……."

"아버님께서 위급하시다는 소식을 듣고 달려왔습니다. 지금 바로 김신을 부르겠습니다. 김신이라면 아버님을 소생시킬 수 있을 겁니다."

제중원 최고의 의원인 김신을 부르겠다는 이희의 이야기를 듣고, 이하응이 힘없는 미소를 보였다가 숨을 크게 몰아쉬었다. 그리고 소용없는 일이라고 말했다.

"소용없소… 날 살리기 위해서 김신이 오면 그의 손으로 살아날 백성들이 죽소… 난 내 명대로 갈 것이니 아무것도 하지 마시오……."

"그래도 해야 합니다. 어의라도 부르겠습니다. 그것이 아버님을 생각하는 소자의 마음입니다……."

"주상……."

자식의 진심이 아비에게 전해졌다. 그저 자식의 의무가

아니라 아비를 사랑하는 자식의 마음이라는 말에 이하응이 눈물을 흘렸다. 그리고 아쉬운 마음을 드러냈다.

"명복아……."

"아버님……."

"참으로 미안하다… 네가 이 나라의 왕인데… 이따금씩 내가 섭정의 권력을 가지고 정사를 논할 때… 괜히 나로 인해서 네게 해가 가지 않을까 걱정했다… 그럼에도 왕실을 위한다는 생각으로 애썼는데… 다행히 네가 이 나라의 임금으로 당당함을 얻게 되었구나… 미안하고 참으로 잘 자라줘서 고맙다… 명복아……."

"아버님……!"

어릴 때의 아명(兒名)이 이희의 가슴을 두드렸다. 이희가 이하응의 손을 잡으며 그렁그렁한 눈물을 떨어트렸다. 그리고 곁에서 눈물을 글썽이고 있는 민자영을 이하응이 쳐다봤다.

기운 없는 시선으로 보다가 힘들게 입을 열어 진심을 전했다.

"미안하구나… 네게 내가 할 이야기는 그 말밖에 없구나, 아가… 참으로 미안하다……."

"아버님……."

단 한번도 미안한 감정을 나타낸 적이 없었다. 오직 왕실을 위한다는 명분으로 무소불위의 권력을 휘두르고 민씨 가문마저 멸문시키려 했다. 그랬던 이하응이 처음으로 민자영에게 미안한 마음을 전했다.

그 말을 듣고 민자영의 눈에서도 눈물이 뚝뚝 떨어졌다. 이희와 함께 이하응의 손을 잡고 진심이 가득 담긴 말을 전했다.

그녀가 유일하게 아버지라 말할 수 있는 존재였다.

"아버님, 병석을 털고 일어나셔야 됩니다. 이렇게 가셔선 아니 됩니다. 아버님……."

"아가……."

"흐흐흑… 흐흑……!"

이하응의 손이 차갑게 식어 있었다. 그리고 민자영의 따뜻한 온기가 손을 통해서 이하응에게 전해졌다.

그 따뜻함이 사선(死線) 너머에서도 지워지지 않을 것 같았다.

이하응의 동공에서 빛이 사라져갔다.

'정말 미안하구나… 내가 보통의 백성이었다면… 널 어여삐 여겼을 것이야… 나는 부정을 베풀지 못했으나 너는 모정으로 백성들을 살피 거라…….'

죽음을 목전에 두고 아쉬움이 일어났다.

'이 나라에 기차가 달리고 하늘에 비행기가 날아다닐 텐데… 그것을 탈 수 없는 것이 참으로 아쉽군… 어쩔 수 없지…….'

위대한 제국이 될 조선의 미래를 상상했다. 그 미래를 상상하면서 미소를 짓다가 의식을 잃었다. 그리고 조금이나마 남아 있던 손의 온기가 사라졌다.

바닥에 떨어진 아비의 손을 보고 이희가 울부짖었다.

"아버지! 아버지! 깨어나소서! 이렇게 가시면 안 됩니다! 아버지!"

"아버님……!"

"아버지…! 흐흐흑… 흐흑……!"

금수강산을 떨게 만들었던 조선의 거인이 자식과 며느리의 슬픔을 뒤로하고 숨을 거두었다.

왕의 울음소리가 공덕의 하늘을 울렸다.

김인석은 장성호와 함께 별장 대문 안쪽을 향해서 허리를 굽혔다.

박정양은 주저앉아서 이하응의 죽음을 슬퍼하며 구슬피 울었다.

1898년은 조선에서 처음으로 양력(陽曆)을 쓴 해였다.

세계가 양력과 그레고리력으로 날짜를 계산하는 상황에서 조선 또한 그 기준을 맞추며 세상과 함께하고 있었다.

그리고 2월 22일에 이하응이 숨을 거두었다.

비록 말년에 그를 따르는 정치 세력은 없었지만 양이를 상대로 굳센 심기를 보이고 세도 정치에 종말 고했던 일을

만백성이 기억하고 있었다.

그는 조선의 위대한 인물이었다.

미래 후손들이 되찾아준 명예였다.

결코 을미사변의 배후에 선 사람으로 기록되지 않았다.

# 신조선 전기

新

세상의 축이 조선으로 옮겨지다

"흡! 흐읍!"

"우와. 정말 대단하네요. 옷이 완전히……."

"터질 것 같지? 자고로 남자라면 이렇게 아름답게 몸을 가꿔야 해. 혹시 관심 있으면 언제든지 이야기 해. 운동하는 법을 알려 줄 테니까."

"예."

"흡!"

"오오!"

병실에 입원한 환자들을 상대로 이동현이 이두근을 드러내면서 근육 자랑을 했다.

환자들은 그의 근육을 보고 감탄했다.

이동현은 몸이 나으면 운동을 해서 기운을 북 돋아야 한다고 말했다.

그가 동생처럼 보이는 환자들 앞에서 근육 자랑을 할 때 간호사가 병실을 지나면서 다급히 외쳤다.

"간호과장님, 응급 환자예요!"

"알았어!"

간호사의 부름에 이동현이 급히 발걸음을 옮겼다. 병실을 간호사에게 맡기고 긴급히 병원으로 실려 오는 환자의 들것에 붙었다.

환자의 머리카락 색이 금색이었다. 그리고 의식이 있었다.

알렌이 환자에게 상태를 물었다.

"어디가 아파서 왔습니까?"

환자가 인상을 쓰며 대답했다.

"배 아래쪽… 오른쪽입니다……."

"배 아래 오른쪽… 맹장염이군요. 약간의 검사를 하고 수술을 하겠습니다."

"저… 죄송한데……."

"……?"

"김신이라는 의사를 불러주십시오… 이 병원 최고의 명의라 들었습니다… 부탁드립니다……."

"……."

백인 환자의 부탁에 알렌의 표정이 일그러졌다. 제중원 최고 의원인 자신이 아닌 김신을 찾고, 또 그를 최고의 명의라 말하자 자존심에 큰 상처를 입었다.

그때 뒤에서 일어나는 발소리에 고개를 돌렸다.

김신이 알렌에게 물었다.

"환자는 어떻습니까? 원장님?"

알렌이 환자의 곁에서 물러나면서 말했다.

"자네가 알아서 하게."

"예?"

"자네를 찾는 환자일세. 그러니 이자를 죽이는 것도 살리는 것도 자네 책임일세."

"원장님?"

"……."

알렌이 거리를 벌렸다. 그는 뭔가 화난 표정을 지으면서 어딘가로 향했다.

환자를 넘겨받은 김신이 상태를 묻고 오른쪽 하복부를 손으로 조심스럽게 만졌다. 그리고 환자가 아파하자 이름을 물었다.

"존함이 어떻게 되십니까?"

"죠니… 몽고메리입니다… 영길리 관원입니다……."

병원 입구에 영국 공사관 관원들이 있었다. 아무래도 환자 후송을 함께 했던 관원들 같았다.

김신이 몽고메리에게 병명과 치료 조치를 알렸다.

"맹장염입니다. 복막염으로 번지기 직전이니 간단한 검사만 하고 바로 수술하겠습니다. 조금만 버텨주십시오."

"예……."

"안으로 후송하게."

유창한 영어로 병과 치료를 알리고, 기다리고 있던 간호사들과 의사들에게 지시를 내렸다.

그리고 김신의 수술을 배우려는 생도들이 수술실 관람석으로 따라붙었다.

그 모습을 알렌이 멀리서 지켜보고 있었다.

'건방진…….'

김신은 제중원에서 최고 실력의 의사로 주목받고 있었다. 그 사실이 알렌의 마음에 들지 않았다.

김신의 집도하에 수술이 시작되었다. 그를 따르는 의사들과 이동현의 보조를 받으면서 개복이 이뤄졌다. 그리고 김신의 현란한 손놀림이 나타났다.

'역시 빨라!'

'어떻게 저렇게 수술할 수 있는 거지?!'

염증이 일어난 충수를 찾고 그것을 밖으로 끄집어내서 자른 뒤 봉합했다.

그리고 복막에 염증이 있는지를 확인하고 이상이 없자

절개 부위를 봉합했다.
수술이 무사히 끝났고 생도들이 다시 감탄했다.
"역시 교수님이셔."
"대단한 수술 실력을 지니셨어."
"저분의 실력을 우리가 많이 배워야 해."
그들은 김신을 경외하면서 간단한 수술조차 대단한 것으로 생각했다. 그리고 외인인 알렌보다 같은 조선 사람인 김신을 편하게 생각했다.
그로부터 많은 것을 배워 백성들을 치료하는 의사가 되기를 원했다.
수술을 받은 환자가 병실로 보내졌다. 김신은 작은 목소리로 이동현에게 말했다.
"항생제를 주사하십시오."
"예. 교수님."
수술이 끝난 뒤에 찾아올 수 있는 세균 감염을 막아야 했다.
김신의 지시를 받고 이동현이 몰래 항생제를 투여했다. 그리고 환자가 마취에서 깨어났다.
몽고메리가 아파하면서 이동현에게 물었다.
"수술은… 어떻게 되었습니까……?"
하얀 치아를 드러내면서 이동현이 대답했다.
"잘되었습니다. 무사히 회복될 테니 걱정하지 마십시

오."

수술 후에 찾아올 수 있는 감염을 몽고메리가 걱정했다. 이동현은 반드시 병석을 털고 일어날 것이라고 말했다.

며칠 지나지 않아 몽고메리가 퇴원했다.

보름이 지났을 땐 완전히 회복해서 배를 째고 수술했던 사람으로 느껴지지 않았다.

만나는 사람마다 김신과 조선인 의사들에 대한 칭찬을 늘어놓았다.

"이곳에 올 때만 해도 조선인들을 무시했는데, 이제 그 생각을 바꿀 거야. 적어도 김신이라는 의사만큼은 유럽의 어느 의사와 비교해도 실력이 부족하지 않아. 봐. 여기 배 아래쪽 맹장에서 염증이 일어났는데 수술 시간이 한 시간도 걸리지 않았다니까. 무엇보다 영국에서 수술을 받았으면 일찌감치 세균 감염을 당해서 죽었을 거야. 조선에 진짜 명의가 있어!"

그가 살아서 돌아온 것을 본 영국 공사관원들은 자신들이 만나는 사람들에게 은근슬쩍 김신의 이야기를 꺼내며 소문을 퍼트렸다. 그리고 그 소문이 조선 팔도에 널리 퍼졌다.

한양 주재 독일 공사관에서 공관원 몇 명이 제중원을 찾았다.

그리고 두리번거리면서 김신을 찾았다.

“여기, 김신이라는 이름을 가진 교수가 있소?”
“예. 접니다만?”
김신이 와서 말했다. 공관원 중 한 사람이 앞으로 나와서 그에게 말했다.
“나는 독일 공사관의 관원인 람이라고 하오. 여기 팔이 부러진 아국 관원이 있는데 치료해주시오. 전기선을 따다가 지붕에서 떨어졌소.”
공관원의 이야기를 듣고 김신이 접수대를 가리켰다.
“일단 접수부터 하십시오. 그리고 검사를 한 뒤 수술하겠습니다. 그때까지 아프시겠지만 견뎌주시기 바랍니다.”
“꼭 낫게 해주시오.”
“걱정하지 마십시오.”
람이 접수대에서 접수하는 동안, 팔이 부러진 독일 공관원이 동료 관원의 도움을 받아 의자에 앉았다.
그리고 체온과 혈압을 잰 뒤 부러진 팔을 김신에게 보여줬다.
하박이 부러져서 살을 뚫고 나와 있었다. 김신이 그것을 보고 이동현에게 말했다.
“항생제부터 놓고 수술해야겠어.”
“예. 그런데 항생제 수량도 점점 떨어져갑니다. 조치가 필요할 것 같습니다.”

"알겠네. 일단 수술 후에 이야기해보도록 하지."

"예. 교수님."

부러진 뼈가 밖으로 노출됐을 때는 무엇보다 감염으로 인한 패혈증을 막는게 중요했다.

이동현이 항생제를 환자에게 투여해서 감염을 막았다.

검사를 끝낸 뒤, 환자가 수술해도 문제없다는 것을 확인했다.

그리고 곧바로 수술실로 환자를 데리고 들어가서 뼈를 접합시키는 수술을 벌였다.

티타늄 철심이 없어서 부러진 뼈를 완벽하게 고정시킬 수 없었다. 하지만 적어도 완전히 어긋나서 살 밖으로 튀어나간 뼈를 안으로 넣고 부목을 대서 고정시킬 수는 있었다.

수술이 끝난 뒤, 마취가 풀린 환자에게 동현이 주의사항을 알려줬다.

"며칠동안 절대 팔을 움직이시면 안 됩니다. 뼈가 완전히 붙으려면 몇 개월의 시간이 필요합니다. 봉합 부위가 아물면 석고로 팔을 고정 보호할 겁니다."

"저… 세균에 감염될 일은……."

"없을 겁니다. 그러니 걱정하지 마십시오. 감염이 없도록 조치를 취했습니다."

그 역시 수술 후에 찾아올 수 있는 세균 감염을 걱정했

다. 그리고 동현은 그런 문제가 없을 거라고 이야기했다. 그로부터 이레가 지나 수술을 마친 환자의 팔에 석고 부목이 대어졌다.

환자는 감염 없이 무사히 퇴원했고, 공사관과 제중원을 오가면서 통원치료를 했다. 그리고 시간이 지날수록 김신과 제중원의 명성은 더욱 드높아졌다.

더 많은 사람들이, 더 많은 환자들이 몰렸다. 그리고 김신을 찾았다.

"여기에 세계 최고의 명의가 있다는 이야기를 들었소. 먼 함경도에서 한양까지 왔는데 치료받을 수 있겠소? 몸에 난 종기가 갈수록 커져서 수술을 받고 싶소."

"먼저 온 환자들을 진료하고 봐드리겠습니다. 그리고 수술은 받고 싶다고 해서 받을 수 있는게 아닙니다. 검사를 통해 수술해야 되는 것인지 확인하겠습니다."

환자들을 살피는 김신을 외국인 교수들이 지켜보고 있었다. 알렌과 금발의 교수들이 김신을 보며 작은 목소리로 이야기했다. 그들에게 김신은 기이한 존재였다.

"조선에 저런 실력을 가진 의사가 있다니… 혹시 아셨소?"

"아니. 몰랐소."

"저런 실력이면 반드시 유럽에서 유학했을 텐데… 베를린의 지인들을 통해서 물었을 때 김신이라는 사람을 아는

자가 한명도 없었소. 그래서 아메리카에서는 어땠는가 싶어서 물었소. 정말 신기한 사람이오. 듣기로는 왕이 추천한 의사라 하던데 어디서 저런 실력을 닦았는지 알 수가 없소. 인정하기 싫지만 우리 중에서 가장 실력이 뛰어날 거요."

독일에서 온 제중원 교수의 이야기에 알렌이 인상을 찌푸렸다.

그리고 수술을 받은 환자들마다 감염 없이 치유된다는 것을 알게 됐다.

그 비밀이 알고 싶었다.

수술을 마친 김신이 환웅함의 의사들, 이동현과 함께 이야기를 나눴다.

항생제가 떨어져가고 있었다.

"수도 없이 밀려듭니다."

"조만간 항생제가 떨어질 겁니다."

"항생제 없이 수술을 하게 되면 반드시 감염이 일어날 겁니다. 교수님."

의사들과 이동현의 이야기를 듣고 김신이 고개를 끄덕였다.

항생제가 급격히 줄어들고 있다는 것을 그 또한 알고 있었다.

미국에 유성한이 제약회사를 차렸다는 것이 떠올랐다.

"특무대신을 만나서 이야기해보겠네."

장성호를 통해서 성한이 소유한 제약회사의 힘을 빌리려고 했다.

그가 총리부로 향해 김인석과 장성호를 만났다. 그리고 환웅함에서 가져온 항생제가 떨어지고 있음을 알렸다.

사소한 감기에는 사용할 필요가 없지만 수술을 할 때는 필수 불가결이었다.

그의 이야기를 들은 김인석이 고개를 끄덕였다.

"유과장이 소유한 필립제이슨이라면 필요한 양의 항생제를 보내줄 수 있을 겁니다. 현재 얼마나 남았습니까?"

"3개월 분량입니다. 하지만 환자가 갈수록 늘어서 더 일찍 바닥날 수도 있습니다."

"일단 연락해서 이야기해보겠습니다. 답변을 듣고 알려드리겠습니다."

"예. 우부총리대신. 이만 가보겠습니다."

김신이 인사하고 총리부에서 나갔다. 우부총리 집무실엔 오직 김인석과 장성호만이 남았다. 장성호가 김인석에게 말했다.

"셔틀선의 연료가 떨어져갑니다. 써야 한다면 정말 시급한 일에 써야 합니다."

"그래야겠지. 그리고 3개월이면 태평양을 배로 가로지

르기에 충분한 시간이야. 왕복이라면 이야기가 다르겠지만. 일단 유과장에게 연락해보도록 하게."

"예. 우부총리대신."

김인석의 지시를 받아 장성호가 집에서 무전통신기를 작동시켰다.

태양광전지를 통해 얻은 전기로 전리층을 두드리는 전파를 쏘았다.

지구 반대편에 있는 성한과 교신을 이뤘다. 그리고 제중원에 항생제가 필요하다는 사실을 알렸다.

성한이 교신으로 페니실린을 지원하겠다고 말했다.

—서재필 선생님과 이야기해보겠습니다. 아마 지원할 수 있을 겁니다.

"감사합니다."

—감사라니요. 당연히 해야 할 일입니다. 그리고 하는 김에 일을 크게 벌려보는 것이 어떨까 합니다.

"어떻게 말입니까?"

—페니실린을 제조하는 공장을 조선에 짓는 겁니다. 그러면 항생제를 걱정할 필요가 없을 겁니다. 이참에 조선에 대한 지원을 본격적으로 해봅시다.

"준비는 되었습니까?"

—부족하다 여기면 한없이 부족하겠지만… 충분합니다. 이제 지원할 수 있습니다.

성한이 미국으로 향해 사업을 벌인지 수년이 흘렀다.
제약회사 창업을 시작으로 자동차 회사까지 사업을 벌이고 막대한 부를 손에 거머쥐었다.
그것을 기반으로 또 다른 창업을 이루고 촉망받는 기업들을 소유했다.
성한의 대답을 듣고 장성호가 미소지었다. 그가 무엇을 꾸미는지 알게 됐다.
“그러면 과장님께 모든 것을 맡기겠습니다.”
—알겠습니다.
교신을 끝낸 장성호의 어깨가 가벼워졌다.
수시로 성한과 교신하면서 그가 미국에서 무엇을 하는지 알 수 있었다.
김인석에게 성한이 본격적으로 지원에 나설 것임을 알렸다. 그리고 김신에게 페니실린이 보내질 것이라고 말했다.
수화기를 들었던 성한의 손이 탁자 위 무전기에 놓여졌다.
장성호가 교신을 하는 동안 성한의 집 응접실로 사람들이 모였다.
정욱과 각 기술팀 팀장들, 해병대 대원들이었다.
정욱이 성한에게 물었다.
“페니실린을 지원합니까?”

"싸게 파는 거지. 그래야 지원할 수 있어. 그리고 이제 공장을 지을 거야. 그렇게 하기 위해서 계속 준비해왔으니까. 우리가 모은 부와 기술을 조선에 풀 때가 왔어."

모두가 벅찬 기대에 차올랐다. 조선을 발전시키기 위해 미국에서 갖은 인종차별을 참고 대업을 성취했다.

포드 퍼스트의 흥행으로 막대한 수익을 거둔 성한은 새로운 회사들을 인수하고 창업했다. 그 회사들을 활용할 필요가 있었다.

성한이 필립제이슨으로 전화를 걸어 곧 방문하겠다는 이야기를 했다.

그리고 버지니아 주 외곽에 위치한 필립제이슨 사옥에서 서재필을 만났다.

성한을 만난 서재필이 반가워했다.

"오랜만이오."

"오랜만입니다. 선생님."

"그동안 건강했소? 아니, 물어보는 것 자체가 실례인가?"

"보시는 대로 건강합니다. 그리고 선생님도 건강하신 것 같아 기쁩니다. 오늘 드릴 말씀이 있어서 왔습니다."

"이야기는 들었소."

"사람들을 비워주실 수 있겠습니까? 긴히 드려야 하는 이야기입니다."

"알겠소."

사장실에 비서와 서재필을 보좌하는 직원들이 있었다.

서재필이 그들에게 사장실을 비워달라고 말했고, 비서와 직원들이 사장실에서 나갔다.

그리고 성한과 함께 온 대원들이 문 앞과 옆방을 지켰다.

성한이 소파에 앉으면서 지연에 대한 이야기를 잠깐 나눴다.

"저번에 제 연인을 보내고 학교 추천을 부탁드렸을 때 선뜻 받아주셔서 감사합니다. 솔직히 말씀드리면서 죄송하다는 생각이 들었습니다."

"이 회사의 대주주이신데 내게 무엇이든 부탁해도 되오. 그리고 마땅히 실력이 있는데 당연히 추천해야지요. 사람을 살리는 데에 그 능력을 써야 하오. 그렇지 않으면 인류에 잘못을 저지르는 거요. 그러니 미안해할 필요가 없소."

"감사합니다. 자주는 아니더라도 제 연인을 살펴주십시오."

"알겠소."

웃으면서 서로에게 고마움을 전했다.

성한은 지연과 가까운 서재필에게 그녀의 신상을 살펴달라고 말했다. 서재필 또한 그녀와 절친하게 지내겠다고 말했다.

서재필이 차후에 돌아가기 전에 지연을 보고 가라고 말을 잇자 성한은 당연히 그럴 것이라고 대답했다.

그리고 본격적인 주제에 대해서 이야기했다.

조선에서 도움을 원하는 손길이 있었다.

"조선에 제중원이라는 병원이 있습니다."

"알고 있소. 신식 병원이라고 하더군."

"거기에서 백성들을 치료하기 위해 수술을 벌이곤 하는데, 페니실린에 대한 이야기를 듣고 상당한 양이 필요하다고 요청해왔습니다. 그래서 판매가 가능한지 여쭤보려고 왔습니다. 판매가 가능하겠습니까? 가능하다면 많은 사람들을 살릴 수 있습니다."

조선에서 페니실린을 원한다는 이야기를 듣고 서재필이 대답했다.

"가능하오."

성한이 다시 물었다.

"공장 건설도 가능하겠습니까?"

"음? 공장? 조선에 말이오?"

"그렇습니다. 페니실린 판매는 판매대로 하고, 공장 건설도 진행하는 게 어떻습니까? 조선에서 페니실린을 생산해 청나라와 일본, 유럽의 동남아시아 식민지에까지 파는 겁니다. 더 많은 생명을 구하고 수익은 수익대로 거둘 수 있다고 생각합니다. 이에 대해선 어떻게 생각합니까?"

성한의 이야기를 듣고 서재필이 움찔했다가 이내 생각을 정리했다.

서재필이 기대와 우려를 동시에 나타냈다.

"가능하다면 정말 엄청난 수익을 거둘 것이라 생각하오. 특히 청나라에 막대한 양의 페니실린을 팔 수 있으니 말이오. 그런데 조선에 그런 공장을 지을 수 있을지 의문이오. 비록 조선이 일본에게 반격을 가하고 이것저것 하려고 발버둥질하고 있지만… 회의적이오. 공장을 짓기 위해선 마땅히 건설을 위한 기반이 갖춰져 있어야 하지 않겠소? 철과 시멘트를 생산하고 발전 시설이 제대로 갖춰져야 공장을 지을 수 있소. 아니 그렇소? 그런 부분에 관해서 문제가 해결되어야 하오."

서재필의 걱정을 듣고 성한이 진한 미소를 지었다.

"사실 그 문제는 충분히 해결할 수 있습니다."

"어떻게 말이오?"

"제가 포드 모터스의 대주주인 것은 아시지요? 포드 퍼스트로 수익을 낸 후에 그 돈으로 몇 개의 기업을 차리고 인수했습니다. 이것이 제가 소유한 기업들입니다. 한번 살펴봐주시기 바랍니다."

성한이 정욱에게 눈짓을 줬고, 그가 가지고 온 가방을 탁자 위에서 열었다.

그 안에서 여러 회사의 증권이 쏟아져 나왔다. 서재필이 증권을 들고 회사 이름들을 확인했다.

떨리는 시선으로 성한을 쳐다봤다.

"이 회사들이 전부……."

"예. 최소한 지분 80퍼센트는 지닌 회사들입니다. 그리고 대부분은 90퍼센트 지분을 가지고 있고요. 그 회사들이라면 충분히 조선을 건설할 수 있을 겁니다."

증권들을 본 서재필이 숨을 삼켰다. 머릿속 한켠을 채웠던 걱정이 단번에 날아가면서 입가에서 미소가 피어올랐다.

그가 성한에게 대답했다.

"조선에 공장을 짓겠소. 도와주시오."

성한이 서재필에게 말했다.

"진정한 조력자는 동쪽에 있습니다. 미국의 수뇌들이 조선을 도울 것입니다. 그들에게 말씀해주시기 바랍니다."

미래에서 온 사람들을 위한 그림이었다. 그 그림 안에 조선을 위한 것이 있었고, 세상 사람들을 위한 것이 있었다. 그림이 이제 곧 완성되려고 했다.

중절모를 쓴 서재필이 포드 퍼스트를 타고 포토맥 강을 건넜다.

그리고 필립제이슨사의 주식을 가진 정치인들을 만나 조선에 공장을 세울 것이라는 뜻을 전했다.

주주 중 한 사람인 매킨리가 똑같은 주주인 루즈벨트를 만나 차 시간을 가졌다.

그들이 제일 먼저 한 이야기는 전쟁에 관한 이야기였다. 서재필의 도움이 절실했다.

"페니실린은 충분히 확보되었소?"

"예. 각하."

"이번 전쟁에 우리 합중국의 많은 기업이 도와줬으면 좋겠군. 포드 모터스도 말이오. 포드사에서 군수물자를 실어다 줄 수 있는 차를 제공해준다면 전쟁은 더 빨리 끝날 것이오. 참, 그리고 제이슨 사장이 백악관에 찾아왔는데 조선에 공장을 짓겠다는 이야기를 했소. 혹, 들은 바가 있소?"

"제게도 찾아왔었습니다."

"어찌 생각하오?"

"조선에 공장이 지어진다면 그 주변 나라와 식민지에 신약을 팔 수 있을 테니 막대한 수익을 거둘 겁니다. 당연히 공장을 지어야 된다 생각합니다."

"그럴 수 있는 기간 시설도 없는데 가능하겠소? 나야 필립제이슨사의 주식을 통해서 더 많은 배당금을 거두니 좋지만, 그것이 가능한 일인지 회의적이오. 도로나 철로가 잘 닦여져 있는 청나라나 일본이라면 모를까……."

"두 나라엔 이미 다른 제국이 자리를 잡고 있어서 힘듭니다. 조선에서 시작해야 두 나라 시장을 차지하려는 영국과 독일의 견제에서 벗어날 수 있습니다. 그리고 청나라도 나름 제국이라고 자기들 마음대로 우리 기업을 구워삶으려고 할 겁니다. 조선에 기간 시설이 없다면 구축하면 됩니다."

"어떻게 말이오?"

"제이슨 사장이 추천한 회사들이 있습니다. 여기 명단을 가지고 왔습니다. 이 회사들로 하여금 조선에 우리를 위한 기초를 다질 겁니다."

루즈벨트가 서류 하나를 가지고 와서 매킨리에게 보여줬다.

서류 봉투를 받은 매킨리가 문서를 꺼내 서재필이 추천한 회사의 이름을 확인했다.

명단에 쓰인 회사는 이미 두사람이 알고 있는 회사들이었다.

필립제이슨 — 제약

포드 모터스 — 자동차 제조

윙레그 — 타이어 제조

포드 스틸 — 자동차 강판 생산

아메리칸 팩토리 메이커 — 기계설비 제조

시리우스 스틸 — 종합 제철

시리우스 건설 — 종합 건설
시리우스 전기 — 발전소 건설
US 오일 — 종합 정유 생산
US 광업 — 채광 생산
US 시멘트 — 시멘트 생산
US 화학 — 화학품 생산
대한 로드쉽 — 조선
대한 해운 — 해운

매킨리의 눈동자가 번뜩였다.
"전부 우리가 주식을 쥐고 있는 회사들이군……."
"시장에서 떠오르는 기업들입니다. US오일의 경우 록펠러와 경쟁을 벌이다가 나가떨어진 정유회사 사장들이 모여서 만든 회사입니다. 독점으로 시장이 어지러워질 수 있으니 미리 견제할 수 있는 기업을 키워야 합니다. 우리 기업이기도 하고 말입니다. 이 회사들을 조선으로 보내서 최고의 기업이 될 수 있도록 만들어야 합니다."
"시리우스 그룹이 건설을 책임지고, US그룹이 보조하면 되겠군. 포드 모터스가 조선에서 자동차를 팔고, 대한그룹에서 만든 배로 아메리카 합중국과 서태평양 사이에서 무역을 하면 되겠소. 이에 반대하는 정치인들이 있겠소?"

"반대할 수 있는 명분이 있겠습니까? 우리 이득이기도 하지만 아메리카 합중국의 이익이기도 합니다. 조선을 물류 생산 기지로 삼아 아시아 시장에 우리 기업의 물건들을 팔 수 있습니다. 그리고 알기로 100명가량의 주요 정치인이 이들 기업의 주식을 쥐고 있습니다."

"국내에서 반대할 사람은 없겠군."

"환영할 사람만 많습니다."

"조선에 공장을 세울 수 있도록 허가해야겠소. 필립제이슨 뿐만 아니라 포드 모터스까지 말이오. 국무부를 통해서 조선 정부에 이야기하겠소."

"예. 각하."

"차관보는 스페인과의 전쟁을 준비하시오."

"알겠습니다. 각하."

시장을 자유롭게 이용할 수 있는 원칙이 있지만 엄연히 미국의 기업이고 함부로 다른 나라에 공장을 세울 수 없었다.

자유롭지만 분명히 속박되어 있었다. 그리고 필립제이슨을 비롯한 일부 기업들은 권력자들을 배후로 두고 자유를 누리고 있었다.

미국의 자원으로 조선을 건설하는 일들이 미국 정부 차원에서 허가됐다.

그 사실을 서재필이 성한에게 알렸고, 성한은 비로소 한

시름 놓으며 걱정을 덜었다.

거친 파도를 헤치는 범선이 순풍을 타기 시작했다. 성한이 그것을 느끼며 워싱턴 D.C에 위치한 호텔에서 웃으면서 걸어 나왔다.

정욱은 흥분이 실린 목소리로 성한에게 말했다.

"정말 잘됐어요. 과장님. 이제 조선을 지원할 수 있겠네요. 도로도 깔고 철길도 건설하는 거예요."

"그래. 그리고 조선 상인들을 키우는 거야. 그 옛날 한강의 기적 때처럼 말이야. 이제야 무에서 유를 창조할 수 있어."

"예. 과장님."

두사람이 하는 조선말을 호텔의 어떤 사람도 알아들을 수 없었다.

호텔에서 내려오자 포드 퍼스트 차량이 준비되어 있었다. 그리고 정욱이 운전석으로 향하려 하자 성한이 팔로 앞을 막으면서 말했다.

"사장이 무슨 운전이야."

"예?"

사장이라는 말에 정욱이 어리둥절해하며 물었다. 그리고 성한이 정욱에게 명함주머니를 하나 건넸다.

"조선에 다녀와. 이제부터 대한해운의 사장은 바로 너야. 그래서 너한테 미국 시민권을 따라고 한 거니까. 처음부터 사장 자리를 네게 맡기려고 한 것이었어. 이제 태평양은 네 안마당이다. 난 지연을 보러 갈 테니까, 알아서 잘 경영해봐. 절대 파산시키지 말고. 다음에 보자."

"잠깐만요! 과장님! 과장님!"

엉겁결에 사장이 된 정욱이 당황하며 성한의 뒤를 쫓았다. 운전석에 앉은 성한이 손을 들어 보이면서 인사했고 건강하라고 말했다. 성한의 차가 호텔에서 멀어졌다. 그 뒷모습을 정욱은 한동안 가만히 서서 지켜봤다. 그리고 손에 쥐어진 명함을 보았다.

"대한해운… 사장… 데이빗 리……."

시민권을 따고 얻은 이름이 명함에 적혀 있었다. 그 이름을 보고 정말로 사장이 되었다는 것을 실감했다.

정욱을 호위하는 박석천이 축하의 말을 전했다.

"축하드립니다. 사장님."

세계 최고가 될 해운회사의 사장으로 취임했다. 그 취임식은 조촐했지만 퇴임식은 누구보다 성대할 것이라고 생각했다.

정욱이 허리를 굽히며 성한에게 인사했다.

"감사합니다! 과장님!"

성한은 포드퍼스트를 몰고 컬럼비안 대학교로 향했다.

그곳에 서재필과 필립제이슨에 취직한 세균학 연구원들의 추천으로 미국 시민권을 따낸 지연이 있었다.

그녀가 잘 지내고 있는지 몹시 궁금했다.

대학교 정문을 빠져나오는 마차들 사이로 포드 퍼스트 한대가 들어갔다.

그녀를 볼 생각에 괜히 콧노래가 흘러나왔다.

〈다음 권에 계속〉